GAEA

Gaea

ISLAND 噩盡島 7

莫仁——著

噩盡島 7

目錄

媽媽說不可以……7
眞有神喔？……31
又想搞選舉……61
以後偷東西都要帶你去……83
免得有人打歪主意……109
光屁股成何體統？……135
老子好爽啊！……161
媽媽們……189
完全仙化……215
你們兩個在這唱歌跳舞？……243

ISLAND
噩盡島

前情提要

數千年前，神話故事中的妖怪與人類本是共同生活在地球上，後來因為不明原因，兩界分離，形成今天的世界。但到了最近，由於某些因素，分離數千年的兩界，似乎即將重合為一！無數妖奇仙靈，等不及回來一探究竟。人類該如何面對這樣的局勢，拒絕還是接納、主戰還是主和……

突如其來的息壤爆炸，使得道息充斥全世界，人類文明毀於一旦。原本計畫登上噩盡島的沈洛年與白宗，被迫海上漂流至檀香山，遭遇鱷首猩妖攻擊，連番血戰，終於來到倖存難民聚集處，並成功擊退猩妖傾巢來襲。在傳授引仙之法予白宗後，懷真帶著沈洛年飛返台灣尋親，卻發現台灣竟已被強妖佔據……

登場人物介紹

■ 17歲，西地高中二年級。
■ 乍看有些白淨文弱的少年。個性冷漠，不喜與人接觸，討厭麻煩，遇事時容易失控。

沈洛年

■ ？歲。
■ 具有喜慾之氣的白色巨狐，個性精靈調皮。三千年前因故留在人間。

懷真

■ 18歲，西地高中三年級。
■ 校內有名資優生，個性負責認真，稍有潔癖，有時容易自責。
■ 隸屬白宗，發散型
■ 武器：杖型匕首

葉瑋珊

■ 18歲，西地高中三年級。
■ 校內體育健將。個性樂觀開朗善良，頗受歡迎的短髮陽光少年。
■ 隸屬白宗，內聚型
■ 武器：銀色長槍

賴一心

■ 21歲。
■ 個性粗疏率真，笑罵間單純直接，平常活潑好動、食量奇大。
■ 隸屬白宗，內聚型
■ 武器：青色厚背刀

瑪蓮

■ 21歲。
■ 個性冷靜寡言，表情不多，愛穿寬鬆運動外套、黑色緊身牛仔褲與短靴。
■ 隸屬白宗，發散型
■ 武器：銀色細窄小匕首

奇雅

ISLAND
媽媽說不可以

沈洛年看著麟犼，這傢伙動作神速、妖炁強大，雖還不如那個巨型刑天，自己也是打不贏的，眞沒辦法的話，只能帶去給懷眞解決，不過這麼一來，豈不是會惹上他的家族？這可眞有點麻煩。

但現在最重要的事，是找白玄藍和黃齊。之前沒感應到炁息，沈洛年還慢條斯理地和這妖獸胡扯，這時候可沒心情囉唆了，反正看樣子也沒什麼威脅，愛跟就先給他跟，到時候再想辦法。

當下沈洛年對著炁息的方位快速奔行，沒過多久，果然發現了一個數百間木屋、竹籬、帳篷混在一起的地區，那是個離海口不遠的河灘高地，本來應該只是一片荒蕪，這時卻擠滿了難民，周圍一圈小火堆燃起，孩子們在火堆周圍跑跳，大人們則趁著火光協力蓋屋，靠著海口方向有一片空地，上面似乎掛著魚乾還是肉條之類的東西，遠遠地看不清楚。

沈洛年和那身上冒著紅色光焰的麟犼逐漸接近，到了數公里內，白玄藍和黃齊似乎感受到了麟犼的妖炁，兩人往外奔了出來，而這難民村中跟著敲起了響鑼，一群年輕男子很快擁出，手中拿著長短槍械，緊張兮兮地往這方向戒備，看來軍中的武器都流到民間了？說不定那些持槍男子，本就是某些營區的倖存軍人也不一定。

沈洛年遠遠望去，見站在最前方、拿著武器的兩人似乎正是黃齊和白玄藍，不禁一喜，不過帶著這妖怪過去可能會招惹麻煩……他停下腳步，回頭責怪說：「你看，把人嚇成這樣。」

「這樣的反應才對。」麟犽看著沈洛年說：「你很奇怪。」

「你留在這兒吧？」沈洛年說：「反正你速度這麼快，我也跑不掉。」

「不要。」麟犽說：「我想看你在幹什麼。」

媽的，眞囉唆，又沒法把這妖怪打跑，沈洛年只好硬著頭皮，帶著這看似渾身噴火的馬形妖怪往那兒奔。

那兩人果然是白玄藍和黃齊，黃齊倒沒什麼變化，本來打扮一直挺女性化的白玄藍，這時也只穿著普通的長衣褲，那頭漂亮的長鬈髮也盤了起來，畢竟是天下大亂，沒法照著過去的方式裝扮。

沈洛年一看清兩人，馬上停步，站在數百公尺外招手呼喊……若帶著這妖怪過去，那幾十支長短槍恐怕就一起發射了，這妖怪當然不怕，自己可擋不住子彈。

此時天色已黑，白、黃兩人望著這一面，只瞧見那曾看過一次，具有強大妖力、讓人心驚膽戰的噴火龍頭妖馬，至於旁邊一個人形黑影，一點妖炁也沒有，倒不知道是什麼妖物，不料那人形黑影居然開口喊著兩人的名字？白玄藍一怔，和黃齊對看一眼，都有點不敢置信，還以爲自己聽錯了。

看到對方臉上相同的迷惑神色，兩人才知道自己沒聽錯，白玄藍詫異地說：「齊哥，那……那是什麼妖術嗎？」

「那件衣服……好像是洛年？」黃齊瞇著眼睛，不大確定地說。

「洛年？」白玄藍吃了一驚，往前踏了一步說：「那瑋珊他們呢？」

「等等。」黃齊拉了她一把說：「還不確定。」

「藍姊？」沈洛年見那端兩人一臉驚疑，又喊了一聲：「我是洛年啊！」

「眞是洛年！」白玄藍一喜說：「我們過去。」

黃齊點點頭，兩人回頭交代了幾句，當下並肩往前飛掠，向著沈洛年這方接近。

黃齊和白玄藍逐漸奔近，終於看清是沈洛年沒錯，雖然稍微安心了些，但感應到旁邊那妖怪強大的妖炁，又不禁暗暗驚心，不明白沈洛年怎會和這妖物聚在一起。

卻是那日天下大變之後沒多久，麟犼就飛抵台灣上空，剛來台灣的時候，他首先就注意到兩人炁息，曾接近看了好一陣子，麟犼的強大妖力自然讓剛逃出大難的兩人十分吃驚，還好麟犼覺得他們炁息不足，提不起戰鬥的勁，只遠遠地觀察了一段時間就離開，但兩人對麟犼已經有十分深刻的印象，沒想到今日居然會這樣再度碰上。

白玄藍和黃齊奔到了數公尺外，看著圓睜著一對大眼的麟犼，有些不安地停下腳步說：

「洛年……這是……」

「這是麟犽。」沈洛年往前走，一面說：「不用管他，我們太弱了，他懶得打。」

「對！你們太弱了！」麟犽有三分得意，一面想著詞彙一面說：「打你們……是那個……欺負！不光榮！」

「呃？」白玄藍聽到麟犽說話，吃驚地說：「這……妖怪也會說話？」

「長這種腦袋的可以。」沈洛年說：「台灣沒妖怪就是因爲有他在。」

「他在保護台灣？」白玄藍詫異地看著麟犽，跟著微微躬身施禮說：「原來是神獸，太感激了。」

麟犽一愣，倒退了兩步，倒有三分害臊和兩分失措。

但除了沈洛年之外，別人也看不出他的表情含意，沈洛年暗暗好笑，一面說：「對啊，麟犽專打強妖怪，所以沒妖怪敢來。」

「剛剛眞是多有失禮，請別見怪。」白玄藍對著麟犽說：「要不要到營地中坐？大家都會表示感激的。」不過不知爲什麼，白玄藍雖然表情放鬆許多，但仍透出一股有點懼怕的味道。

麟犽愣了愣，似乎怒了，右前足一踢地面說：「我沒保護你們，不要！」

白玄藍一愣間，沈洛年接口說：「別管他了。藍姊，你們這幾天沒事吧？」

「我們沒事。」白玄藍回過神，露出微笑說：「當時瑋珊打電話告訴我，你和懷眞無恙回來，我和齊哥很替你高興呢……現在瑋珊他們呢？大家都好嗎？」

「大家都還好，可能一個月之後，他們會往這兒來，到時候……」該怎麼避開麟犽，可不能當著他面說，沈洛年望了麟犽一眼，一轉話題說：「藍姊，我從台北一路過來，這兒明明沒妖怪作亂，怎麼比檀香山還慘？」

白玄藍和黃齊對視一眼，嘆了一口氣才說：「那晚所有易燃物突然自爆，我和齊哥就知道糟了，開始四處找人……」

「那晚？」沈洛年微微一怔。

「怎麼？」白玄藍詫異地問。

「沒什麼，藍姊妳繼續說。」沈洛年這時才想通，道息瀰漫世間的那一剎那，夏威夷是清晨時分，台灣卻剛好是午夜，大部分人都在睡夢中，難怪這兒死傷慘重。

白玄藍頓了頓，有些難過地接著說：「每個人的家，我和齊哥都去巡了一次，但是……志文和添良的家人似乎已經喪生在火窟了，你叔叔也找不到。」

「我叔叔很少回家睡的……」沈洛年心情也沉重起來，嘆了一口氣說：「我也到處看過一次，宗儒家裡似乎沒屍體？」

「嗯，但是我也沒找到人。」白玄藍提起了精神說：「另外一心的母親和小睿的父母都有找到，他們現在都留在北部，我們發覺除了這位……神獸，周圍並沒有其他群聚妖怪，雖然當時不明白原因，總算比較安心；當北部倖存者大概安頓好之後，就先下來中部，因爲瑋珊的爸媽住在彰化。」

「有找到嗎？」沈洛年一面問，一面不禁有點好奇，葉瑋珊的父母不知是怎樣的人？

白玄藍搖搖頭說：「我們晚了四天才過來，大部分存活的人都四散了，房子裡面雖然沒……沒看到屍體，卻也找不到人。」

這樣也沒辦法，突然天下大亂，交通工具、通訊設備完全失效，想把人群聚集，還不知得花多少時間……沈洛年正想間，白玄藍已經溫柔地微笑說：「別總聽我說，你們呢？大家現在怎樣了？有什麼打算？」

「他們打算遷去噩盡島。」沈洛年說：「因爲那兒的東部，已經變成可以抵抗道息的地方，妖怪應該比較不喜歡去那兒……」沈洛年當下把那日之後的事，以及葉瑋珊等人的計畫大概說了一次，連他們準備駕帆船來台灣的事情也說了。

「去噩盡島？」白玄藍和黃齊聽了之後，黃齊意外地說：「台灣現在有神獸保護，不是更安全嗎？」

「我沒保護你們！麟犽不保護人類的！」麟犽全身爆起炁焰，怒沖沖地說：「我要生氣了！」

「幹嘛？你想打很弱的人嗎？」沈洛年轉頭說。

麟犽一呆，揚起頭，又是一臉神氣地說：「不打。」

「那不就白生氣了？」沈洛年不理會麟犽，回頭對黃齊說：「黃大哥，萬一這隻馬跑掉呢？不就危險了？」

「誰是馬？」麟犽猛力頓地，兩眼睜得老大，怪吼：「無禮！」

不過沈洛年看得清楚，這妖獸生氣歸生氣，卻不帶殺氣，看來他還眞的不肯對弱者動手，沈洛年更安心了，一笑攤手說：「不然怎麼叫？麟犽很拗口，不好叫。」

「不知道。」麟犽瞪眼說：「而且，我不會留在這兒，我要跟你走。」

「跟我走幹嘛？」沈洛年一愣，詫異地說：「出去你不就沒理由打架。」

「你剛說有辦法找理由打的！」麟犽說：「還沒教我。」

這傢伙記憶力挺好？沈洛年正皺眉，麟犽又說：「而且你人很奇怪，我想看仔細一點。」

這匹瘋馬怎麼纏上來了？到底該怎麼應付？沈洛年心念一轉說：「總之夠強的你才打，弱者不打，對吧？」

「當然！」麟犽傲然說：「這是麟犽一族的尊嚴！」

那就無所謂了，到時候讓懷眞承認是弱者，問題就解決了，事實上懷眞現在也眞的元氣未復，不算騙人，這笨馬既然又強又愛打架，帶著當保鑣也不錯。

沈洛年想了想輕鬆起來，望著麟犽說：「確定這個家不要了嗎？」

「沒有麟犽，就不是家。」麟犽說：「離開半年後，麟犽氣味就會散了。」

「那台灣還能安全待幾個月。」沈洛年回頭望向黃、白兩人說：「得找人快點造船，最好把倖存者都運過去……對了，藍姊，麻煩妳告訴瑋珊他們，噩盡島西側道息量很不穩定，最好直接航行到東岸才上岸。」

白玄藍聽出沈洛年語意，詫異地說：「你不等瑋珊他們來？」

「我準備回北部再找找看叔叔，不管找不找得到，之後我打算去一趟雲南，看看小露她們。」沈洛年說完，瞄了一眼麟犽。

麟犽馬上搶著說：「我也去！」

沈洛年懶得回答，只在心中思量著……這傢伙看到麒麟會不會撲上去？不過麒麟具有樂和之氣，應該也打不起來吧？話說這傢伙叫作麟犽，和麒麟不知有沒有關係？

□

當晚，沈洛年在這難民區住下，和白玄藍、黃齊好好聊了一夜，麟犼則大搖大擺地跟進了難民營，每個人看到他都害怕地躲得老遠，似乎就算是一般人，也能感覺到他那龐大的妖炁。

沈洛年和白玄藍詢問清楚北區幾個有人聚集的地方，並討論了日後建船遷移的事，台灣雖然不大，只靠黃、白兩人聯繫各地難民實在有點辛苦，但這方面沈洛年也沒主意，只好等葉瑋珊到達之後，再看他們要怎麼辦。

沈洛年也大略提了一下，在懷眞指點下，葉瑋珊可能有辦法增加門徒，就能有更多幫手，不過那法門沈洛年也不清楚，只能提過便罷，至於懷眞停留的那個離台灣很近的小島，黃齊聽了之後，告訴沈洛年那島是「與那國島」，是日本最西方的島嶼云云，沈洛年反正也不在意正確名稱，聽過就算了。

次日沈洛年再度返回北部，分別去了五個白玄藍告知的難民集合地點，花了兩天的時間，一面安撫看到麟犼而驚怕的人們，一面到處尋覓、探問，卻依然沒能找到叔叔沈商山。

且不說這種大難中，存活的機會本就十分渺茫，事實上身為導演，常常到處拍片的沈商山，也未必會在台北，甚至未必在台灣……總不能讓懷眞這樣一直等下去，既然現在台灣沒有妖怪的威脅，不如等日後各地難民通通聚集之後再找，也許更好一些？。

而這兩日中麟犽雖然總跟著沈洛年，但一直很少說話，大多時間都在傾聽著人類的對話，似乎頗有興趣，而只要有他在旁邊，人們驚怕之餘，往往有問必答，倒是一個好處。

不過今日下午從第五個營區離開時，麟犽卻歪頭看著沈洛年，難得開口說：「問完了？」

「嗯。」沈洛年皺眉沉吟說：「不知道該不該去別地方繼續問。」

「不要繼續問了！走了！出去了！」麟犽嚷。

沈洛年倒有點意外地說：「你怎麼突然急起來了？前兩天倒不急。」

「我知道你要問五個啊！當然等你問。」麟犽生氣地說：「怎麼又要變多？」

「因爲沒找到啊。」沈洛年沉吟說：「先出去也不是不行，但是要和你先說好一件事。」

「什麼？」麟犽問。

「你離開家以後，不會隨便找人打架，對吧？」沈洛年問。

「對。」麟犽說：「媽媽說不可以。」

沈洛年補了一句說：「而且你離開之後，這兒就不算你家了？」

麟犽遲疑了一下，才說：「對。」

那就沒問題了，可以帶他去見懷眞，之後若有需要，也可以把她帶來台灣……沈洛年思考的時候，麟犽忍不住說：「你在想什麼？」

這妖怪性子當眞挺急的，沈洛年一笑說：「想我朋友的事情，這就走吧？」

「好！快走、快走！」麟犽身上焰火泛起，蹦跳著嚷。

「走。」沈洛年當下飄起，微施咒誓之法，確定了懷眞的方位，向著東方飄去。

既然有麟犽護駕，倒不用飛太低了，沈洛年飄上空中，緩緩往東飛，飛了半個小時，卻還沒飛出台灣，麟犽急了，從背後一頂沈洛年，推著他跑，一面喊：「快一點！」

這下可快了，兩人一前一後往前急射，沈洛年被狂風猛吹，只好把妖炁拿來抵禦風壓，至於飛行，就交給麟犽了。

以原形飛行的麟犽，速度比現在的懷眞還快，只不過幾分鐘時間，已飛過宜蘭，要往台灣東面飛出，就在這時，突然東南方出現兩股頗強大的妖炁，正快速由東南往西北飛掠，沈洛年一呆，發現麟犽妖炁猛然提高，身子卻突然慢了下來，停在空中。

「幹嘛？」沈洛年一呆。

「這是我的範圍。」麟犽怒氣緩緩揚起說：「也許是來挑戰的。」

「你出去以後不就不算嗎？」沈洛年問。

「現在還沒出去。」麟犼叼著沈洛年往後一甩說：「等我。」

而那兩股妖炁，這時卻眞的一轉方向，對著這兒飄來，沒過多久，兩個飛行妖獸翻滾著破雲而出，遠遠望去，對方似乎正在打架。

沈洛年仔細一看，不禁吃了一驚，這不是窮奇和畢方嗎？這兩隻小妖獸從噩盡島打到這兒嗎？

「他們在幹嘛？」麟犼焦急地說。

「聽說是在玩打架。」沈洛年看看那邊，又看看這邊，懷眞說這三隻都還小，卻不知道誰比較年長一些。

窮奇和畢方打了片刻，不知爲什麼突然分開，對吼了幾聲，目光轉了過來。

麟犼一看，忍不住低吼著，情緒亢奮了起來，身上的妖炁熊熊欲燃，不斷騰動，迫不及待地停在空中等對方接近。

窮奇和畢方似乎沒打算過來，只遠遠地張望著，這時窮奇的目光，從麟犼轉到了沈洛年身上，他一看清沈洛年，旋即透出喜意，御炁對著這兒飛，畢方見狀一愣，怪叫著從後面追了上來。

但窮奇飛到百公尺外，突然停下，對著這兒虎吼一聲。

麟犽前足揚起，往回怪吼，跟著畢方也啁啾地嗶叫起來，三方同時嚷叫不休。

沈洛年被這三個大嗓門震得耳朵發麻，他掩耳叫：「吵什麼啊？」

麟犽一愣，停下轉頭說：「那隻胖的要你出去陪他玩，我叫他們進來打架，他們不肯。」

陪他玩？沈洛年頭疼地說：「那隻似乎沒惡意。」

「瘦的那隻要我出去，說他們媽不准他們去別人家。」麟犽對畢方瞪眼說：「我才不要出去，我媽媽說出去不可以亂動手。」

看來妖怪世界還挺有規矩的，這樣可以避免掉一些衝突……沈洛年想想說：「別人先動手就可以還手吧？」

麟犽詫異地說：「萬一出去他不動手呢？他不會嚇跑嗎？」

沈洛年一愣，突然想起白玄藍對麟犽的懼意有點古怪，皺眉說：「你不會也有什麼天成之氣吧？」

「什麼氣？」麟犽迷惑地搖頭說：「聽不懂。」

沈洛年既然沒感覺，自然也不會分辨，這只能去問懷真，他往外望說：「看樣子，他們不怕你。」

「那我出去試試，你別出去。」麟犽說：「你是誘餌。」

沈洛年皺眉說：「你打不贏我就自己走了。」

「我會贏！」麟犼大吼一聲，往外衝了出去。

麟犼這一往外飛，畢方果然耐不住性子，馬上衝了過來，一口火焰對著麟犼直衝。

怎料麟犼也是玩火的，一個爆炁火球彈往前衝，炸散了畢方的火焰，威勢還迫得畢方往側方閃開。

麟犼往前飛撲的同時，前足高舉，聚滿了妖炁的雙足對著畢方直轟，畢方怪叫一聲，輕靈地往外閃，繞著麟犼飛旋，他雖然炎術、力量似乎都不如麟犼，但身如鶴形般的畢方，體態本就輕盈，展翅繞巡之間，閃避速度十分快，麟犼一時之間也抓不到他。

那肉翅巨虎窮奇，卻被晾在一旁，他愣了愣，看看戰團，又看看沈洛年，突然輕嘯一聲，對著沈洛年飄來，用那顆大頭蹭著沈洛年。

媽的，自己眞是個「不講道理的人」嗎？爲什麼這隻呆虎特別喜歡找自己？沈洛年伸手揉了揉窮奇的腦袋，窮奇的反應和懷眞差不多，似乎挺高興的，用力頂了頂沈洛年的手掌。

反正已經帶了一隻狐狸，又被隻怪馬纏上，再多養隻老虎也無所謂了啦！大不了開個馬戲團吧？沈洛年有點自暴自棄，伸手胡亂抓揉著窮奇。

窮奇這下被抓得十分開心，突然人立而起，高興地將雙足搭在沈洛年肩膀，用頭亂頂著他的胸膛和下巴。

那邊麟犽和畢方打得正熱鬧，這兒沈洛年和窮奇玩得正開心，突然畢方抽離戰團，往這急飛，那飽含著妖炁的獨爪，突然對著沈洛年腦袋閃電般抓來。

麟犽沒料到畢方突然轉身跑開，而畢方速度本就比麟犽稍快，只一瞬間已經撲近沈洛年，麟犽根本來不及阻止。

但沈洛年和窮奇胡鬧的時候，已經先一步感受到殺氣，他前幾日不慎被麟犽抓住，今日不敢大意，當下能力全開，倏然往側方急飛，險險閃開了這一爪。

媽的，被那爪抓上還得了？這傢伙和自己有什麼仇？沈洛年大吃一驚，閃身間手已經放在金犀匕上。

不過畢方這一下似乎惹惱了窮奇，他一聲虎吼，扭身揮爪對著畢方直撲，畢方往後急閃的同時，麟犽從後方撲到，畢方這下閃得了前面躲不了後面，麟犽的巨足剛好蹬上畢方肩翅之間。

這股爆炸性的妖炁在畢方背後炸開，轟然一聲響，畢方「嗶」地怪叫一聲，搖搖晃晃地往下落，窮奇一怔，突然轉向，對著麟犽撲了過去，兩方爪蹄硬碰硬地互撞，碰碰轟轟的誰也不讓誰，連續對撲了好幾下，窮奇似乎有點落於下風，收爪往側方飄閃。

麟犽正要趁勝追擊，突然身後冒起一大片火焰，逼得麟犽急閃，卻是畢方再度飛了起來，和窮奇一前一後聯手對付。

畢方和窮奇都略遜麟犽半籌，但兩方這一合作起來，麟犽可就有點吃力，三妖正打成一團時，畢方看著沈洛年在一旁看戲，突然火上心頭，又抽空對著沈洛年那兒吐火，只見一大片火牆鋪天蓋地而來，居然沒處可躲。

沈洛年正叫糟糕，窮奇卻已經先一步飛掠而來，那龐然身軀擋在他身前，泛出妖炁擋住大片火牆，而窮奇似乎不怕火，還很開心地回頭看了沈洛年一眼。

但窮奇這一跑，畢方可又打不過麟犽了，被逼得節節敗退，窮奇一怔，連忙衝過去助陣，緊接著又是一陣亂打，三隻這下認眞地鬥了起來，兩方妖炁不斷衝突，轟隆隆的聲音連續地響，窮奇力猛、畢方輕靈，這兩個從小打到大的妖獸，合作起來配合無間，逼得麟犽不斷後退，但麟犽似乎越難打越興奮，渾身妖炁爆起，火球亂炸，不要命地撲踢撕咬，又把窮奇和畢方的攻勢逼住。

三個人類孩子聚在一起瘋已經很可怕，三個妖怪小孩聚在一起果然更可怕，媽的！和這些傢伙待在一起會短命，沈洛年開始緩緩往外飛，打算開溜。

當沈洛年飄出數百公尺，越來越遠的時候，窮奇忽然怪叫一聲，麟犽跟著急嚷，畢方也大叫，三方一面吵一面打了片刻，麟犼和窮奇倏然往後退，撤手不打，畢方卻是一怒，扭頭對著沈洛年追了過來。

麟犼和窮奇一怔，連忙從後面追上，但這兩妖獸速度本就比畢方稍慢，起步一慢更難追上，只見畢方劃過空際，對著沈洛年直殺了過來。

這單足傻鳥眞想宰了自己就對了？沈洛年不敢怠慢，在空中迅速地閃動躲避，畢方沒料到沈洛年有這一招，連撲幾下撲空，他怒氣勃發，突然凝滯於空，嘴巴一張，又想噴火。

這幾下追閃過程中，麟犼、窮奇已然趕到，只不過沈洛年和畢方都動得十分快，兩妖到處亂轉、攔無可攔，此時畢方一停，麟犼馬上攔在畢方和沈洛年之間，雙蹄並舉往下踹，窮奇則先一步撲上去，帶著畢方往旁邊翻滾，把他的炎術打斷，順便避開麟犼的攻擊。

麟犼見狀一轉身，先堵住沈洛年的去向，再對著畢方怪叫。

現在是怎樣？沈洛年眼看又被圍住，這下也懶得跑了，回頭看著三妖獸皺眉。

妖獸們現在反而不打了，突然又吵了起來，你一言我一語地叫個不停，在當中的沈洛年被嚷得頭昏，忍不住大叫：「媽啦！吵死了！」

三妖一呆，同時望向沈洛年，沈洛年目光轉向麟犼說：「幹嘛又不打了？」

「你偷跑。」麟犼瞪眼罵。

「你又打不贏。」沈洛年不客氣地說。

「我沒輸！」麟犼在空中亂跳。

這時窮奇卻嚷了起來，看樣子似乎有點著急，畢方聽著聽著，也生氣地跟著叫，一下子又是震天價響，沈洛年摀著耳朵，沒力地說：「又幹嘛了啊？」

卻見麟犼有點得意地說：「我才不幫他們說呢。」

「說什麼？」沈洛年瞪眼。

「這隻說要跟你玩、這隻說要宰了你。」麟犼看著正吵架的畢方和窮奇，得意地說：「我才不幫忙說，不會說人話的是笨蛋！」

這匹笨馬，你已經說了……沈洛年正不知道該不該挑破，畢方卻突然轉頭對麟犼一連串叫了好幾句，麟犼一呆，點點頭說：「也對，聽不懂的人類才是笨蛋。」

眼看窮奇和畢方又吵了起來，麟犼則興致勃勃地旁聽，沈洛年在旁邊看著，不禁有點莫名其妙，忍不住說：「你怎麼不打了？」

麟犼一怔說：「忘了。」跟著他身上騰出妖炁，對著窮奇和畢方大吼一聲，又撲了過去。

居然能忘了？沈洛年不禁好笑，麟犼似乎並不如他自己想像的愛打架？

不過那兩隻似乎正吵得過癮，他們同時閃開，一面相對嚷叫，誰也不想理會麟犼，麟犼撲了幾下，正覺得沒勁，突然發現窮奇和畢方彼此相對一衝，又打了起來。

這樣上去該打誰？麟犽一呆，幫誰都不對，只好一臉驚愕地回來，氣呼呼地嚷：「他們不理我！」

「算了，我們走吧。」沈洛年忍不住笑著搖頭說：「以後再找別的妖怪打。」

「好吧。」麟犽扭頭說：「去哪邊？你好慢！我揹你。」

反正這傢伙像馬，拿來騎剛好，沈洛年也不客氣，飄到麟犽身上，抱著他長脖子往前一指說：「那個方位，有個小島，我朋友在那邊。」

麟犽騰空飄起，一面飛一面吼：「強嗎？和我戰鬥！」

「別亂來，她受傷了。」沈洛年說：「短期不會好，你勝之不武。」

「為什麼受傷了？」麟犽失望地叫。

沈洛年還沒回答，這時後方窮奇眼看兩人跑遠，又拋下畢方追了過來，畢方則怒氣沖沖地跟著怪叫，追著窮奇直飛，麟犽一喜說：「又要打嗎？」連忙轉身回頭等人。

「你慢慢打，我先下去。」沈洛年忙說。

「這樣你又會偷跑！」麟犽說：「你輕飄飄的，揹在身上沒感覺，抓緊我。」

「才不要。」沈洛年飄下說：「你打你的，關我屁事？」

「你這很弱的人類，說話很難聽！」麟犽這時沒時間找沈洛年麻煩，只罵了一句，隨即身上妖炁騰起，準備再度和窮奇、畢方大戰一場。

怎料窮奇撲到不遠處，突然停下直吼，麟犽一愣說：「不是來打架的？」

「嗶！」接著追上的畢方，瞪著沈洛年怪叫一聲，似乎又想吐火。

「媽的，我哪兒得罪你了？吵屁啊？」沈洛年可不是好好先生，忍不住瞪著畢方翻臉罵。

「來打啊！」麟犽得意地叫：「要殺他得先打贏我。」

「嗶！嗶比比！嗶比比！逼嗶比比逼逼！」畢方火氣更大了，叫個不休，若不是麟犽正在沈洛年旁邊，說不定又撲了上來。

窮奇卻是一直都喜孜孜的，對畢方吼了吼，又對沈洛年吼了吼，似乎有點和畢方鬥嘴的味道。

沈洛年頭痛了，飄上麟犽身上說：「不打就走吧。」

「喔？」麟犽似乎也沒什麼主意，見沈洛年這麼說，也就往他指的方向飛去。

緊接著窮奇跟著追了過來，之後則是不甘願的畢方，麟犽轉頭吼了兩聲，見對方實在沒有打鬥的慾望，也就罷了。

數分鐘之後，沈洛年帶著三隻體型龐大的妖獸，落在那小島西方機場空地上，剛落下不久，三妖獸吵著吵著，過沒幾秒又翻翻滾滾打了起來，沈洛年也不理他們，四面張望，尋找著懷眞的蹤跡。

過了片刻，沈洛年突然發現，遠處機場航廈那邊，懷眞正偷偷探頭，她看似有些驚訝，又有些提防地望著那三隻妖獸，一面對沈洛年招手，要他過去。

自己過去的話，這三隻還不是又追過去？沈洛年搖搖頭，反而招手要懷眞過來，懷眞先是一愣，之後考慮了幾秒，這才走出航廈，往這兒飄身。

果然她到了沈洛年身旁，那三隻雖然都看了她一眼，卻仍打個不休，懷眞到了沈洛年身旁，這才詫異地說：「洛年……你是搞什麼鬼啊？怎麼把這三個……孩子帶過來？他們在打什麼？」

ISLAND
眞有神喔？

「我也搞不清楚。」沈洛年聳肩說：「只有麟犽的話我聽得懂，好像是因爲待在家裡有點無聊，跟著我跑出來。」

「跟著你跑出來？」懷眞詫異地說：「怪了，麟犽很少離開家才對。」

「大概因爲他們離開家以後，不可以隨便主動找人打架。」沈洛年說。

麟犽一向很少離開盤據地，和別的妖怪也幾乎不大往來，這事懷眞也是初次聽聞，她有點意外地說：「原來如此……」

「至於老虎似乎想跟我玩，可是不知道要玩啥。」沈洛年指著窮奇和畢方說：「那隻笨鳥則是一直想宰了我。」

懷眞皺眉看了半天，見那三妖獸翻來打去，大多數時間，都是畢方和窮奇聯手對付麟犽，而且稍佔上風，但若是逼開了麟犽，畢方和窮奇又會互相咬上兩口，麟犽這時候馬上趁虛而入，又打得兩方不得不聯手應付，這樣不斷循環，簡直是沒完沒了。

他們怎麼打，沈洛年倒不介意，都打死光了也和自己無關，他一面對懷眞快速地解釋了一下台灣的現狀，一面說：「我這樣找叔叔似乎不是辦法，連他是不是在台灣都不知道，妳覺得呢？」

「也只是盡人事而已，找不到就直接去雲南吧。」懷眞指指那邊說：「你一走，他們就會跟來嗎？」

「大概吧，」沈洛年說：「剛剛是這樣。」

懷眞皺眉頭說：「帶著這些小朋友，萬一發生什麼事情，他家大人怪罪怎辦？」

「他們自己跟來的，怎麼怪我？」沈洛年攤手說。

「看來是避不掉了。」懷眞白了沈洛年一眼說：「本想躲掉這幾個小麻煩，但這樣面對面碰上，不理實在說不過去。」

「什麼意思？」沈洛年不明白。

「麟犼也罷了，另外兩個小鬼的上幾代長輩，我都有點交情。」懷眞低聲說：「現在他們孩子偷偷跑來這兒，我這做長輩的遇到了，能不理會嗎？」

原來是這樣，沈洛年好笑地說：「萬一沒遇到，妳就不管啊？」

「當然，你的事情已經夠我擔心了！」懷眞瞪眼：「而且有多少人能奈何這兩個小鬼？就算可以，難道不看他們長輩面子？」

「那就別管啊。」沈洛年說。

「算了，我看看該怎麼辦……」懷眞望著那端，搖了搖頭說：「就算讓他們跟著走，老這樣打也不是辦法……能不能叫那個小麟犼停手？」

「我叫嗎？」沈洛年意外地問。

「不然誰叫？」懷眞無奈地說：「都是跟著你來的。」

也是……沈洛年往前走一步，還沒開口，畢方突然一轉頭，又是一股火焰噴了過來，還好沈洛年早已有心理準備，畢方還沒轉頭，他就感覺到那鳥一肚子殺意正關注著自己，對方口還沒張，他已經先一步閃開老遠。

但這一下倒是把懷眞嚇了一大跳，連忙衝到沈洛年身旁護駕。

懷眞平常挺好說話，但是想殺沈洛年就等於要她命，這沒得商量，她正舉起手打算翻臉，但畢方這一下似乎也惹惱了窮奇，他突然仰天長嘯，虎嘯聲隨風揚起，一股怒意衝出，他猛然一撲，先把麟犼用力推開，跟著對麟犼和畢方各大吼一聲，聲音遠遠震了出去。

麟犼本來還要再往上撲，卻被窮奇這一吼鎮住，不禁停下腳步。

窮奇不再理會麟犼，一轉頭對著畢方一連串怪吼，畢方這下也「嗶嗶」叫個不停，兩方又吵了起來。

「怎麼了？」沈洛年低聲問。

「小窮奇生氣了，說不玩了，他罵小畢方爲什麼老找你麻煩……」懷眞也低聲說：「我跟你說過，你搶小畢方的玩伴，小畢方會生氣的，難怪對你噴火。」

「那大頭虎自己湊上來，這也怪我？」沈洛年沒好氣地說：「這隻噴火鳥未免太愛遷怒。」

「畢方小時候都這副臭德性，不然怎會和怪脾氣的窮奇黏在一起？」懷眞看麟犽正好奇地湊了過來，轉頭一笑說：「嗨，小麟犽。」

「妳不是人，妳是妖仙！」麟犽鼻孔嗅了嗅，瞪大眼睛，又驚又喜地說。

「嗯。」懷眞微笑說：「我是仙狐，道號懷眞。」

「哇！我第一次看到媽媽以外的大妖仙，妳一定很厲害……啊……」麟犽突然想起沈洛年的話，上下看著懷眞說：「這人說妳受傷了，不能和人打架，眞的嗎？」

「對啊。」沒想到麟犽離開家之後，還眞的挺講道理，懷眞對這一支妖族不熟，本來還有點擔心不好應付，見狀鬆了一口氣，笑說：「我正在養傷，別找我打架，會好更慢的。」

「噢。」麟犽看了沈洛年一眼，好奇地說：「這人身上有種怪味，那是什麼？」

「臭臭的嗎？沒洗澡吧？」懷眞當然不說老實話，只笑著看了沈洛年一眼。

「不是臭味，很怪……」麟犽一轉念，又望著正吵架的窮奇那邊喊：「別吵了，我們繼續打！」不過那兩隻正像鬥雞一樣怒目對視，誰也沒理會麟犽。

「這樣打有什麼意思？」懷眞輕笑說：「你打不過他們倆，對吧？」

麟犼有點尷尬，足部頓地說：「打不過也要打，麟犼不對敵人認輸！」

「他們不是敵人啊。」懷眞說：「又沒侵犯你家。」

麟犼一愣，過去他倒沒想到會發生這種事，這時倒有點失措，不知道該如何反應才對。

「彼此沒有仇恨，只算印證。」懷眞已經掌握到了麟犼的個性，笑著說：「只要分了勝負，就不該糾纏不休，除非你找到了致勝的方法，才能再次找人家挑戰。」

「喔？」麟犼大感興趣，上下晃著腦袋說：「怎樣才能找到？」

「這就要自己去想啦。」懷眞說：「想想媽媽都怎麼教你戰鬥的，也許有用喔。」

「唔……」麟犼沉默下來，認眞思索著。

懷眞這樣處理也好，免得這隻笨馬一直找那兩隻打架，吵都吵死了……沈洛年目光一轉，看向另外一面，這才發現，窮奇和畢方不知道什麼時候已經吵完了，兩方又撲在一起翻滾，不過現在看起來不像打架，反而像在笑鬧，果然是孩子，吵架沒五分鐘又玩在一起。

滾著滾著，窮奇望見沈洛年詫異的目光，突然蹦了起來，對畢方低吼了兩聲，畢方不甘不願地「嗶」了兩聲，似乎還是不大高興。

窮奇卻已經奔了過來，湊著沈洛年磨他那顆大頭，沈洛年看畢方只遠遠站著不開心，似乎沒打算過來噴火，也就伸手揉抓窮奇的脖子和頭頂的毛皮，應付一下。

「咦？」懷眞忍不住瞪眼說：「臭洛年！我要你抓抓，你都不大甘願，對小窮奇倒是挺自動的？」

「他這模樣挺可愛的啊。」沈洛年哼說：「誰教妳變成女人？抱著妳抓能看嗎？」

窮奇聽著兩人對話，突然對著懷眞低吼了一聲，似乎帶著三分敵意。

「小丫頭沒大沒小。」懷眞白了窮奇一眼，走近扠腰說：「妳曾祖母應該是山狼吧？她可都叫我姊姊，妳這小鬼毛都沒長齊，敢吼我？」

窮奇一呆，歪著頭看著懷眞，倒不敢繼續吼了。

小丫頭？沈洛年倒是微微一愣，揉著窮奇的頭，訝異地說：「原來是隻小母老虎。」

「何止這隻，這三個小鬼都是。」懷眞說：「我們這種小家族的仙獸妖族，每一代都是雌性。」

「嗄？」難怪麟犽只提過「媽媽」，沒提過「爸爸」，沈洛年不禁詫異地說：「沒公的怎麼繁殖？」

「仙獸產生下一代，不一定需要雄性。」懷眞抿嘴一笑，目光轉向窮奇說：「小丫頭，不想說話嗎？這笨人類只聽得懂人話，妳們該學會了吧？。」

「吼。」窮奇低吼了一聲，搖了搖頭，似乎並不介意不能說人話，只顧黏著沈洛年磨蹭。

「嗶！比比嗶！鄙嗶嗶嗶鼻比！」站在一旁有點不開心的畢方，突然張開翅膀叫了一串。

「反而是妳想說人話？啊！妳祖母是羽青吧？當年還對雲陽胡鬧，一轉眼孫女都這麼大了……對了。」懷眞望著畢方，突然手一揮，掌上炸起一片青光，轟地一聲在半空中爆出一團小落雷，她這才沉著臉說：「洛年是我朋友，不准再對他動手，否則我幫羽彩妹妹打妳屁股。」

看到懷眞能操弄雷術，三小獸都微微一驚，能操弄雷術已經代表了實力，能把雷術運用得這麼小，這更代表著不知鑽研多少歲月的高妙術法技巧，三小雖然年紀尚小經驗不豐，但畢竟家學淵源，懂得雷術的含意，這下看著懷眞的神色都多了幾分敬畏。

而「羽彩」本是小畢方曾祖母的名字，她聽到自己長輩被人家叫作妹妹，似乎更有點驚疑，忍不住往後跳了半步。

「和羽彩也有好幾千年沒見了，不過妳們在仙界休眠，應該不覺得時間過了這麼久……」懷眞只凶了幾秒，很快又露出笑容說：「想變形，這兒剛好有個好範本……妳先把足量的妖炁凝聚在頭部，看著小麟犽的頭形存念，妖炁和肉體融合變形的時候，會有點不舒服，一次不成功沒關係，存夠妖炁再試，多試幾次就會成功了。」

「嗶！」畢方匯聚了大量妖炁，在頭部凝結著，只見她頭型稍微浮動變異，但隨即又變回原狀，似乎並不容易。

沈洛年看畢方試了幾次一直失敗，似乎越來越怒，而越怒又失敗得越快，於是拍拍窮奇的頭說：「她不是妳的好朋友嗎？去幫她加油啊，一起變也不錯。」

窮奇望了望沈洛年，回頭走近畢方身旁，低吼了一聲，跟著把妖炁也集中到頭部，學著畢方變形，當然這沒這麼簡單，窮奇很快就妖炁一亂，也失敗了。

畢方一看窮奇走近，怒氣倒是消失大半，當下兩隻臉對著臉，一起再度嘗試變形，失敗了幾次之後，畢方原本的鶴頭，終於緩緩地變為特別細長的小型龍頭，畢方眼睛往下瞄，看著自己穩定下來的狹長龍形嘴，高興得蹦了起來，張開口說：「好……好了！嗶！」

窮奇似乎也不想認輸，下次變形特別堅持頗長的時間，一直不願放棄，終於凝定成一個寬口吻短的大龍首形狀。

「成功了耶。」懷眞鼓掌說：「兩個都好厲害，以後可以嘗試變人臉。」

「人臉，不、要！人……壞、破、爛！」畢方聲音頗尖銳，雖然變成龍首，但眼神不變，看著沈洛年的時候依然是滿臉厭惡。

窮奇變好了之後，也不開口，又跑去磨蹭沈洛年，但她蹭了幾下，似乎覺得有點怪異，伸足抓了抓自己腦袋，原來龍首上面不是軟軟的毛皮，磨起來似乎沒有原來舒服。

「咦！變好了，好好玩。」麟犽看畢方和窮奇都變形成功，出現一個和自己頗相似的腦袋，詫異地叫了起來。

「好啦。」懷眞一拍手說：「三個小鬼打架歸打架，要做好朋友啊，妳們應該都還沒有道號吧？」

三個大小不同的龍頭互相看了看，麟犽先點了點頭，畢方才微微點頭，窮奇則是想了想，又去磨著沈洛年，沒有反應。

「我想也是，都是偷溜來的對吧？」懷眞好笑地說：「離家之後，就要有道號才方便和外人接觸……要我幫妳們取嗎？我還算有這資格。」

「妳……懷眞……奶奶？」畢方試探地叫。

「叫姊姊！」懷眞瞪眼說：「畢方、窮奇兩族每代都叫我姊姊，不准破例！」

「懷眞……姊……姊。」畢方畢竟第一次說人語，很不流暢說：「道號……資格……妖仙……天仙……」

「對啦，我不只是妖仙，好久好久以前就入天仙了。」懷眞嘻嘻笑說：「我說有資格就是有資格。」

這話一說，三隻小妖獸都露出了驚佩的表情，連只顧著磨蹭的窮奇都停了停，似乎有點意外。

「哇！妳……懷眞姊姊是天仙？」麟犽大驚：「那怎麼還會受傷？」

「被他害的。」懷眞白了沈洛年一眼：「從仙界散去仙炁硬擠過來，現在只剩道術了。」

沈洛年摸摸鼻子不敢吭聲，卻不知天仙和妖仙又差在哪兒？

「他害的？」畢方瞪著沈洛年說：「殺……殺掉！」

「吼！」窮奇雖然變了龍頭，還是不說人話，只對畢方吼了一聲，用那巨大的虎爪拍了拍地面。

「爲什麼要從仙界擠過來？」這是麟犽問的。

「我就是爲了救洛年才擠過來的。」懷眞轉頭瞄了畢方一眼說：「妳這小鬼頭別打歪主意。」

畢方一怔，不敢再說，不過還是瞪了沈洛年一眼。

「好吧，要不要我幫妳們取道號？」懷眞說：「我可是心血來潮，不要就算了。」

「可以嗎？」麟犽詫異地說：「我們……還稱不上妖仙耶。」

「你們是仙獸妖族，總有一天會成爲妖仙的。」懷眞微笑說：「提早登記通傳沒關係。」

「那當然要！」麟犽首先叫。

畢方想想跟著說：「好。」

窮奇歪著頭沒發出聲音，看表情似乎是要也可以，沒有也無所謂。

「從年紀最大的開始吧。」懷眞看著麟犼說：「麟犼家系以什麼爲名？」

「燄！」麟犼跳著喊：「媽媽叫燄潮！奶奶叫燄裂！阿姨叫……」

「夠了、夠了……妳這孩子渾身紅通通的，比一般麟犼顏色還深。」懷眞笑著接口說：「叫燄丹吧？好不好？」

「燄丹？」麟犼點頭說：「好！」

懷眞回頭看著窮奇和畢方問：「妳們倆差不多吧，誰比較大？」

「她。」畢方指了指窮奇。

「窮奇以山爲名對吧……」懷眞沉吟說：「妳這身紫紋挺特殊的，叫妳山芷好不好？」

窮奇腦袋還是在沈洛年懷裡拱來拱去，沒理會懷眞，沈洛年暗暗好笑，摸摸窮奇頭說：「欸，在問妳山芷好不好啊？」

「吼。」窮奇喉中傳出一聲低吼，似乎沒有意見，還是黏著沈洛年。

「喂，妳這小丫頭別太過分，那兒是我的位置！」懷眞終於忍不住對小窮奇抗議，原來除沈洛年之外，她不能隨便對其他人太過親近，否則容易引發對方的慾念，造成困擾，所以特別喜歡黏著沈洛年，這時看著小窮奇居然比自己還黏，不免有些吃味。

「分開！嗶嗶！」畢方大表贊同，突然覺得懷眞實在不錯。

沈洛年確實也有點累了，那大頭猛拱著，要頂住還得費力呢，沈洛年一面說：「爲什麼是妳的位置？欸……妳這小朋友也別蹭了，休息一下。」

窮奇這才放開，繞到沈洛年身後，貼著他背後靠著，躲著懷眞的眼光。

「當然是我的，晚點再跟你算帳。」懷眞瞪了沈洛年一眼，最後才轉頭看著畢方說：「至於妳，精靈古怪的，叫妳羽靈吧？」

畢方歪著頭想了想，突然搖頭說：「不、不好。」

畢方果然難伺候，懷眞說：「怎麼不好？」

「我……也……顏色的！相似的！」畢方努力地說。

「也要和顏色有關啊？」懷眞沉吟了片刻說：「妳這身羽毛，就像晴朗的天空一樣……叫妳羽霽吧？」

「霽？嗶？」畢方似乎不明白那是什麼意思。

「就是雨過天晴的好天氣。」懷眞說：「霽色就是指這種漂亮的藍色。」

「羽霽！好。」畢方似乎高興了。

「如果都沒問題的話，我要叫『輕疾』出來上祝囉？」懷眞指著三小妖獸說：「就叫啖丹、山芷、羽霽喔。」

三小似乎都沒有意見，倒是沈洛年好奇地問：「上祝是什麼？」

「告訴仙界作紀錄的神，這三個未來妖仙的道號啊。」懷眞說：「並且傳送出去。」

「不只有妖……仙，還眞有神喔？」沈洛年詫異地說。

「仙界都快出現了，你還懷疑？」懷眞好笑地說：「不過我們所謂的神，和你們傳說中的不大一樣。」

「怎麼不一樣？」沈洛年問。

「妖可成精，亦可修仙，這差異在於修煉的方向，妖和仙、精的差異，則在於修煉的層次，其實本質都一樣的。」懷眞說：「這些妖仙中，決定爲大家服務某件事的，就被尊稱爲神，比如負責仙籍的神、負責通訊的神、負責紀錄各處事務的神，這些神彼此間沒有統屬關係。」

確實和自己所知道的神大不相同，這些比較像是公務員嘛？沈洛年愣愣地聽著，只聽懷眞接著說：「人類過去把神仙們幻想成和人類組織一樣，事實上沒有這麼複雜。」

原來如此，沈洛年點點頭，沒多問下去。

懷真當下向著地面上散出一股妖炁，突然地上的水泥地破開，地下的泥土浮起，冒出了一個騎著黃馬、穿著黃袍，只不過手掌大小的小小泥人。

這泥人髮鬚俱全，身穿長袍寬帶，束起高髻，對著懷真躬身呼喊：「仙狐懷真。」

懷真微笑說：「好久不見，輕疾。」

那被稱作輕疾的泥人說：「許久未蒙召喚，請問有何吩咐？」

「要增加輕疾使用者……稍等一下。」懷真轉頭望向沈洛年說：「我答應幫你召喚一隻可以和別人聯繫的輕疾，還記得嗎？」

似乎有聽過這件事，不過當時就不是很懂，現在更是看不懂，沈洛年詫異地點了點頭。

「妳們三個小丫頭要嗎？」懷真問。

「好啊！好像很好玩！」欿丹踢了踢馬蹄嚷。

躲在沈洛年身後的山芷只探出半個腦袋，似乎無所謂。

「不，我們……先不要。」羽霽卻有點惶恐地搖頭。

懷真噗哧一笑說：「怕挨罵嗎？」

羽霽似乎有點尷尬，但仍說：「晚點……才要。」

欿丹一怔，忙說：「對喔，媽媽會用那個罵我，那我也不要。」

「反正也躲不了多久。」懷眞笑著搖搖頭，也不勉強，回頭對輕疾說：「先多一個人就好。」一面伸手緩緩向著輕疾透入妖炁。

「是。」輕疾微微躬身，他踩著的地方，地下泥土漸漸隆起，他卻緩緩融入土中，兩方化合之後，又緩緩分裂凝結，過沒多久，變成兩隻一模一樣的輕疾站在面前，不過其中一隻卻彷彿一個雕塑精美的泥像，完全沒有神采。

「用影妖的妖炁透入，啓動輕疾的精氣神，他就會記住你了。」懷眞捧著那隻無神的輕疾交給沈洛年，一面說：「輕疾本體是個融入世間大地的土化高精，這些都是他的分身，試試看『洛年』這個名稱可不可以使用，不行就加上姓，再不行就加上你的來處，我的稱謂就是『仙狐懷眞』。」

「註冊使用者帳號嗎？」沈洛年好笑地說：「我以前通常加上生日日期。」

「什麼？」懷眞可聽不懂了，睜大眼睛。

「沒什麼。」沈洛年不多開玩笑，接過說：「我試試。」

「你和輕疾談談，我去處理這三個娃兒仙籍道號的事。」懷眞轉過身，抓著三小妖獸，也不知道忙什麼去了。

□

沈洛年按照懷眞的吩咐，透入妖炁，果然才剛透入，輕疾便兩眼一睜，望著沈洛年說：「請問希望如何被稱呼？」

「洛年。」沈洛年說。

「請稍候。」輕疾閉目停了片刻，這才睜目說：「第一次使用輕疾嗎？是否需要說明一遍輕疾的用法？我將從召喚輕疾以及基本的傳訊與收訊說起。」

「好。」沈洛年頓了頓，有些詫異地說：「你說話……很現代、很溜呢。」

「在這片大地上的語言，我理當熟悉，我對過去、現在的慣用語法也都很清楚。」輕疾說：「只要提供足夠的妖炁，輕疾還能提供語譯功能。」

可以當翻譯？這倒是得聽聽，沈洛年望了望另外一邊，見懷眞和那三小正對著輕疾說話，似乎還得忙一陣子，於是點頭說：「請說明。」

過沒多久，輕疾說了個大概，基礎的使用方法倒是挺單純，因爲天下輕疾藉著土壤心靈互通，只要對方也有輕疾，並知道對輕疾設定的名稱，就可以藉著輕疾傳遞口訊或書簡，十分方便。

當輕疾說到更複雜的增加使用名稱、增加輕疾數量、多人通訊、翻譯功能等「高級操作」的時候，小窮奇山芷突然蹦了過來，鑽到沈洛年身旁趴下窩著，沈洛年這才發現懷眞那兒已經完事，當下阻住了輕疾繼續說下去，依法施術，讓輕疾遁回土中，轉頭望著走近的懷眞。

「都處理好了。」懷眞笑說：「今晚吃飽之後好好睡一覺，明天才出發吧？」

「好。」沈洛年突然有些不滿地看著懷眞說：「懷眞。」

懷眞發現沈洛年表情不對，詫異地說：「怎麼？」

沈洛年說：「妳爲什麼不幫瑋珊他們弄隻輕疾？這樣連繫起來不是省事多了嗎？」

「你明知道原因。」懷眞瞪了沈洛年一眼說：「幫她召來輕疾，還算拆夥嗎？我帶你躲到哪兒不就都沒用了？隨時都能把你找回去。」

「未免太小氣了。」沈洛年白了懷眞一眼說：「他們找我，不一定都是危險事吧？」

「不是危險事，你才懶得管呢，以爲我不知道？」懷眞不再理沈洛年，轉頭說：「誰要吃魚？跟姊姊去抓，今晚吃烤魚！」

山芷聞聲跳了起來，腦袋拱了拱沈洛年，似乎要他一起去抓魚，一面嘗試著說：「洛……洛、年！」她的聲音和焱丹的低沉、羽霽的高音都不同，有點沙沙的粗糙感。

這孩子開口說話了？沈洛年揉了揉山芷的頭說：「和她們去吧，我在這兒想想事情。」

山芷看了看沈洛年，側頭想了想，騰身去了。

□

第二日，兩人三獸……或者該說一人四妖，向著雲南飛去，懷眞此時畢竟元氣大傷，飛行速度連最慢的山芷都有不如，三小見狀吵了吵，最後決定由啖丹載著懷眞，山芷載著沈洛年，一路往西飛。

這下可快多了，一個上午就飛過近兩千公里，穿過台灣、福建，掠過大禹嶺、南嶺，一路飛到廣西和貴州之間的苗嶺，在這時候，懷眞突然輕噫了一聲，跟著一聲呼嘯，要大夥兒停下。

沈洛年抓著山芷頭後的厚皮，閉著眼睛一路吹風，早已有些頭昏腦脹，這時好不容易停下，他看著下方一片山野，也不知道現在到了哪兒，只迷迷糊糊地問：「到了？」

「還早。」懷眞說：「前面怪怪的。」

「怎麼怪法？」沈洛年問。

「飛高點、慢慢飛。」懷眞輕拍了拍啖丹的背，大夥兒往高空中騰，地面越來越小，也看得更遠，懷眞瞇著眼睛往西北方望過去說：「好大一片黑雲……是人類的武器嗎？」

沈洛年望著那方向，看到一大片淡淡的黑雲，突然想起葉瑋珊的警告，驚訝地說：「是核武器嗎？」

「底下像光術作用著……」懷眞頓了頓說：「但應該沒有人會放這類光術，而且這光術強度不算太大，卻遍布千里遠，像是失控亂散一樣……不像道法，應該和人類的亂七八糟武器有關。」

光術？五玄靈之中的一種嗎？當初懷眞倒沒解釋清楚。沈洛年正想問，懷眞轉回頭說：「有一種光術，會讓被照到的生物身體產生變化，皮膚潰爛、身上長出怪東西、許多生理機能被破壞，最後很痛苦地死亡，而且若操控不愼，有可能影響一個地方很久，動植物都不能生長……人類有這種武器嗎？」

聽起來很熟……沈洛年皺眉說：「像是核彈爆炸後的輻射線。」莫非那兒就是所謂的四川核基地？

「就是那種東西嗎？」懷眞雖然聽過這些名詞，卻不了解細節，見沈洛年這麼說，忍不住罵：「混蛋人類！眞是亂來。」

「混蛋人類，殺、殺掉！」羽霽瞪著沈洛年說。

懷眞倒是被羽霽弄笑了，搖頭說：「眞是的，這個可不准妳殺。」

「小露她們在那範圍內嗎？」不清楚自己位置的沈洛年問。

「照你說的方位來看……應該在影響比較小的地方。」懷眞說：「她們受了麒麟換靈，這段距離外應該不會有事……」

「那就太好了。」沈洛年鬆了一口氣。

「但是待在那兒也不會舒服。」懷眞說：「她們應該已經離開了，前面那一片地域太糟糕，不只沒人氣，連一點妖炁都沒有……似乎麒麟也不在。」

「她們沒使用輕疾嗎？」沈洛年說。

「麒麟不用輕疾。」懷眞搖頭：「太多人喜歡找她，她又不大知道該怎麼拒絕。」

也就是找不到艾露她們囉？沈洛年無可奈何，嘆口氣說：「酖族女巫那兒存著挺多妖質，我本想問問，如果沒用……」

「可惡！」懷眞瞪眼說：「果然又是爲了瑋珊他們！我還以爲你這麼好心，突然想到帶我來找麒麟！」

「吵死了。」沈洛年說：「小露她們沒在用啊，放著浪費。」

「反正現在人應該已經不在了。」懷眞哼聲說：「那還要去嗎？」

「算了。」沈洛年白了懷眞一眼說：「就算拿到妖質，妳也不想讓我去找瑋珊他們吧？」

懷眞見沈洛年答應不找葉瑋珊等人，轉怒爲喜，高興地說：「當然，遇到他們就沒好事。」

「那現在該去哪兒？噩盡島嗎？」沈洛年頗有點無所適從的感覺，現在當然不用唸書了，叔叔也找不到，世界變成這樣，也不知道該做什麼，就一直讓懷眞吸道息，直到哪天死掉嗎？

懷眞沉吟片刻，突然望著沈洛年說：「這三個小鬼的媽媽來這世界之前，我們陪陪她們好了，你覺得呢？」

「無所謂啊。」沈洛年說：「可是妳不是說噩盡島比較安全？她們不適合去吧。」

「有這三個保鑣，已經挺安全了。」懷眞望著三小笑說：「三個小鬼，妳們既然偷溜過來，也想找點好玩的事情吧？懷眞姊姊帶妳們去冒險如何？」

懷眞又打什麼鬼主意？沈洛年感覺到一股狡詐的味道，不禁有點意外。

「有好玩的？我要、我要！」惔丹高興起來。

羽霽其實興趣缺缺，她比較想和山芷兩個人自己去玩，但看山芷黏著沈洛年根本不肯離開，也只好不吭聲，而山芷只要和沈洛年在一起就開心了，當然更不會反對。

懷眞見每個人都同意了，得意地說：「我也不會讓妳們吃虧，妳們想不想提早化成人形？」

三小同時吃了一驚，邲丹詫異地說：「我媽媽說那要很久耶。」

「對啊。」懷眞笑說：「仙獸一族雖然底子好，至少也要五百年……不過我有辦法提早喔，想試試嗎？」

「好啊！」邲丹雖然年紀比另兩個還長，但似乎對新奇的事情特別有興趣，每次都頭一個叫好。

老是沒反應的山芷就不用問了，懷眞目光望向羽霽說：「妳們倆呢？」

「媽媽說，畢方，不用變人。」羽霽說話還不太流暢，慢慢地說。

「對，畢方、窮奇都不大喜歡變人。」懷眞笑說：「因爲變人除了去人類世界玩之外，似乎沒什麼大用，但妳們可知道，敖、計、應三龍族，都有特殊辦法，讓子孫很早就變成人形，現在大部分的人形妖，也幾乎都是逐漸演變出來的，既然人形沒用，爲什麼這麼多妖怪要化成人形？」

邲丹和羽霽同時搖了搖頭，表示不明白，懷眞微微一笑說：「因爲如果有好武器，會比原來的爪牙角喙還好用，畢竟只有人形才方便使用武器。」

這以前好像聽懷眞提過，不過沈洛年依然不明白，懷眞爲什麼突然對這三個小朋友說這種事情？而看著她那種頗有圖謀的氣味，沈洛年不禁暗暗擔心。

「武器？」燄丹舉起兩隻前蹄說：「我有四條腿。」

「吐……吐火！翅、爪。」羽霽揮了揮翅膀說：「不用，武器。」

「吼。」山芷也難得低吼了一聲，似乎一樣不贊成。

「妳們不相信很正常。」懷眞微笑揮手說：「下去，我示範給妳們看。」

三小載著沈洛年和懷眞，找了個山巒間的小平台落下，這兒空氣十分清新，遠近一片翠綠，沈洛年跳下山芷，四面望了望，感覺十分舒服。

這兒是叢山之間，本是人煙稀少之處，遠遠近近偶爾也有妖炁出現，不過感應到這兒的三股強大妖炁，大多馬上遠避，不敢靠近。

懷眞這時也從燄丹身上飄下，她對沈洛年眨了眨眼，回頭一笑說：「妳們之中，誰的妖炁防護能力最強啊？」

三小一怔，燄丹和羽霽都看著山芷，山芷則是左右望望，低吼一聲，微微揚首。

其實懷眞是明知故問，這三小雖然都是妖獸後裔，本身妖炁十分強大，不過畢方和麟犼這兩族，會把一部分妖炁轉換為炎術攻擊，而窮奇一族卻是把妖炁大量凝聚在自己軀體表面，也許遠距攻擊能力稍差，但近距離的防禦力可是三小之冠。

眼看眾人都看著山芷，懷眞一笑說：「大家都知道洛年沒有炁息，妳們覺得他拿著武器，傷得了小山芷嗎？」

三小一愣，𤨹丹馬上搖了搖頭，羽霽則彷彿要笑出聲一般喊：「人、笨，不可能，嗶！」至於山芷則輕吼了一聲，看來頗爲迷惑，不明白懷眞在說什麼。

「小山芷。」懷眞走近說：「妳以妖炁護體，別讓洛年的武器碰到妳。」

「吼？」山芷詫異地低吼了一聲。

沈洛年這才知道懷眞要幹嘛，他見懷眞正對自己打眼色，雖然知道是騙人，倒也不好當面拆穿，只白了懷眞一眼，便拔出金犀匕，向著山芷走近。

山芷看到沈洛年走近，馬上又開心起來，用頭頂了頂他的胸腹，扭了扭腦袋。

「小山芷。」沈洛年笑說：「妳沒凝聚妖炁。」

山芷疑惑地看了沈洛年一眼，這才把妖炁往體表凝聚，隨著逐漸地凝聚，體表跟著隱隱透出一股淡淡的藍紫之氣……原來窮奇妖炁偏向柔凝之間？難怪她會速度最慢、但防禦力最高，而頭部似乎聚集了最強大的妖炁，不只護住了要害，巨口咬合時的破壞力想必也十分驚人。

沈洛年又看了懷眞一眼，卻見懷眞對自己眨了眨眼，施了個眼色，沈洛年只好運起原息透入金犀匕，往前伸出橫放的匕首，以刃面輕輕敲了那顆寬大的龍頭兩下。

山芷沒想到自己腦門上方妖炁突然散失，本來絕對碰不到自己的匕首，居然這麼輕而易舉地敲了下來，還連撞兩下，她吃了一驚，往後跳開兩公尺，伸爪猛抓腦袋，一臉驚疑。

一旁羽霽和燄丹更是看得清楚，只見沈洛年的武器彷彿刀切豆腐一樣，毫無阻滯地就這麼穿入山芷妖炁之中，這簡直是匪夷所思！兩小同時驚呼出聲，不可置信。

燄丹和山芷雖打沒幾次，已經知道山芷護體炁勁有多強韌，更別提從小一起長大的羽霽了，她小型龍首上一雙大眼，直瞪著沈洛年手中那看似平凡的金色匕首，說不出話來。

沈洛年搖搖頭，正想開口，懷眞已經飄來，擋在沈洛年面前，對著三小說：「知道了嗎？這就叫作好武器！」

這確實是好武器，不過還沒出鞘……沈洛年把金犀匕插回吉光皮套中，搖搖頭走到一旁，看懷眞還要變什麼把戲。

「好武器……？」羽霽詫異地說。

「好厲害！」燄丹也嚷。

「如果妳們能變成人，就可以使用這種好武器了。」懷眞笑說：「配合上妳們本來的能力，難道不會更強？」

三小對看了看，山芷疑惑地低吼了一聲。

羽霽看了山芷一眼，會意地說：「媽媽，沒有，這麼說。」

「對！」燄丹跟著說：「媽媽、奶奶怎麼都很少變人？」

「這有兩個原因。」懷眞笑說：「首先，好武器當然不容易找，妳們幾個在仙獸族中，都屬於天生銅筋鐵骨的善戰種族，沒有好武器的話，不如用原來的形貌戰鬥。」

這倒合理，一直以身爲麟犼自傲的燄丹，首先得意地點了點頭說：「懷眞姊姊，第二個原因呢？」

「第二點，是習慣。」懷眞說：「正常的仙獸族，至少要五百載修爲才能修至妖仙，變化成人形，這五百年過去，早已經習慣原形的戰鬥方式，變人又要重新適應、練習，大部分仙獸族就懶了，不想多練習人類形貌的戰鬥方式，久而久之，化成人形時，反而沒法以全力戰鬥。」

聽起來似乎很合理，這麼說來，重點就在於怎麼提早變人和練習？羽霽看著懷眞說：「懷眞姊姊，怎麼……提早，變？」

「這就需要花點工夫準備和練習啦。」懷眞笑說：「準備的這段時間，閒著也是閒著，我們順便去找好武器如何？變人之後，剛好可以運用。」

「去哪兒找？」燄丹好奇地問。

「妳們知道應家龍族嗎？」懷眞胸有成竹地說。

「西地……的？」羽霽有點意外。

「巨翅龍族？」燄丹接口說：「被敖家龍族，趕到極西……蠻荒的應家龍族？」

「妳們果然很清楚。」懷眞微笑說：「應家龍族雖然厲害，卻彷彿一盤散沙，各自爲政、不懂團結，才會打不過敖家……但龍族畢竟還是龍族，喜歡積聚寶物的性格不會變的，我們不如趁著強大的應龍還沒來人間，先去找找有沒有稱手的好武器？」

三小對望著，似乎都有點意動，而沈洛年聽到這兒，終於知道懷眞想幹什麼，不禁詫異地說：「喂？妳別……」

「別吵。」懷眞給了沈洛年一個眼色，得意地笑說：「有空再跟你說。」

沈洛年雖然不說了，但卻不禁在心中暗罵……臭狐狸！昨天還嫌這三個小孩麻煩，今天卻突然想帶人家去當賊偷寶物……這樣騙小孩好嗎？

ISLAND
又想搞選舉

大暑，是二十四節氣中的一個日子，每年的七月下旬、大暑的前後幾日，日曬時間最長，通常也是一年中天氣最熱的時候。

今日七月二十二號，星期四，正逢大暑，此時台灣東邊最大的港口，花蓮港港區，百餘艘大小船隻泊在港內，這些船中，有新造的粗工大木船，也有過去留下的中小型船隻，不過無論是大是小，都有一個相同的特色——每艘船都是用風帆驅動。

這兒船上船下，到處都是人，從船側架到岸旁的長木橋上，許多大漢正打著赤膊、流著滿身汗，不斷往船上搬運物資。

人們的汗水混在海水騰起的霧氣中，緩緩往空中飄起，逐漸積聚成雲，不知什麼時候會落下大雨。

港口往西北端，是一大片整理過的綠地，那兒現在擠滿了一片片營帳，更北端原是港區的大片停車場，如今爆毀的汽車都已經被推入西面廢墟，清出一大片空地，在那兒，許多婦女們一面罵著到處亂跑的小孩，一面汗如雨下地整理著要運上船的物資。

港區東側另一個中型停車場，則搭起了一大片簡陋的木製棚架，裡面堆滿了山林中砍伐來的原木、木材，這兒也有不少人正在工作，以純手工的方式，製造出各式各樣的板材；更北邊則又是一塊綠地，也到處搭滿了帳篷。

再往東，包括奇萊鼻燈塔的一片陸地，現在則已經沒入海中，海水正逐步逐步侵吞著綠地，在海濱不遠處，幾百個半大不小的孩子們一群群分批聚集著，由一些有教師經驗、年紀稍長的長輩們帶領著，持續著教學的動作。

港口外的大海，北方、南方都有船隊不斷地往這兒行駛，船上載滿了從台北、高雄等地運來的各種物資，各處倖存的人們也紛紛往這兒集合，整個港區，從港口外一直往內延伸，聚集了十幾萬劫後餘生的人們。

近三個月前，人稱「四二九大劫」的那一夜，所有都市在沖天烈焰中毀滅，各種電器、通訊完全失效，任何需要燃料的交通工具統統作廢甚至爆炸，只剩下腳踏車之類的人力車可以使用，原本有兩千多萬人口的台灣，最後只剩下這十幾萬人存活著。

聽說台灣還算比較好運的一個地方，在某個不知名的神獸保護下，只有少數無智識的小妖怪出沒，雖然一般人類依然不是那些妖怪的對手，但藉著沒爆炸的各種槍彈類武器，大多勉強可以逼退妖怪，和世界其他地方相比，已經好上許多。

大難一開始那二十多日，一直和妖怪對抗的道武門黃齊夫婦，便由北到南，在台灣各地不斷奔波，將各地驚慌逃難的人們糾集起來，暫時維持住基本的生存能力。一個月後，噩盡島遠征妖怪的白宗一行人趕返台灣，人手一足，眾人四面聯繫，將台灣的人們往東方這個港口匯集。

台灣幾個有限的大港口中，花蓮港周圍的開發程度算是最少的，也就是說，如鬼域一般充滿死人的廢墟城市範圍也最小，清理的時間比較短，另外，建造船隻需要的大量木材，必須在山林中砍伐，離山林最近的花蓮港，也因此成爲首選；這段時間，每日從河川上游砍伐的木材不斷往下送，一直到出海口附近才上岸集中，供應船料所需。

選擇這兒，還有一個很重要的原因，據說那保護台灣的神獸早已離開，妖怪不知什麼時候會再度聚集，人們聚在一處，能確切抵禦妖怪的白宗等人，才方便保護眾人。

而白宗不只是保護眾人，他們更在這十多萬人中，選出了數百名曾受過專業訓練的軍警人員，以被稱爲「引仙」的道術，使那些人們也獲得和妖怪作戰的能力，在大部分武器已無法使用的現在，這些「引仙者」成爲抵抗妖怪、保護人民的重要組織。

至於維持人類社會基本秩序，則由原來的軍警部隊重組，在一般槍械還可以使用的前提下，管理上倒沒有大問題。

經過人們兩個月的努力，在不求美觀、只求實用的前提下，十餘艘新造的大型木造帆船逐漸完工，而人們也從原本的混亂無助，逐漸地建立起管理組織，由一些倖存的政治人物，聚集過去有經驗的人們，建立了一個包括小型議事組織和行政系統的臨時政府。

白宗眾人，除黃齊夫婦之外年紀都十分輕，對這方面本就不在行，就算是黃齊夫婦，一般社會經歷也不算豐富，既然有人主動接手，安排管理和造船的事宜，他們也就不多干涉。

這時剛過四點，酷熱的氣溫稍降一些，港區西面，那大片只簡略清理的廢墟之外，有一群百餘人，拿著各種大包小包，向著市區前進。

這些人是去舊市區做物資搜索的人們，花蓮在台灣並不是什麼大城市，但反而因爲城市的建築物密度不高，在那一晚的大火之下，保留了更多的物資。

這群人身上穿的衣服形式各自不同，但卻有個相同的地方，卻是口中都咬著一個小小的發聲器，有金屬哨、塑膠哨或是各種小木笛、竹笛。

眾人一面低頭搜進，一面逐漸往四面散開，經過了一段時間，突然西方不遠處，響起了尖銳刺耳的笛聲，眾人一驚，紛紛轉頭，一面往東面撤退，而在隊伍邊緣戒備的幾個雄壯青年，聞聲馬上往那兒趕。

緊跟著下一剎那，聲音突然中斷，那兒爆出一聲慘呼，搜索的人們臉上露出了慌張的神色，退得更快了，而那幾名青年動作也跟著加快，他們身上本就揹著各種不同的武器，這時紛紛拿在手中，同時他們身軀表面，竟似乎起了奇異的變化。

三個跑在前面，體態矯健結實、猿臂蜂腰的青年，首先是臉上、額上倏然布滿綿密的短絨毛，跟著全身各處也同時冒出了綿密短毛；而另三個落後幾步虎背熊腰的魁梧壯漢，皮膚卻逐漸角質化，彷彿布滿了細密光滑的鱗片一般。

隨著這些人體態的變化，他們身上放出了不似人類的妖炁，速度也倏然加快，只不過幾秒時間，前面三人已經衝到了笛聲傳出的地方，卻見一隻身長僅一公尺餘的黑色犬狀獸，正撲咬著地上的一個中年男子。

那男子的腹部被咬穿一個大洞，犬狀獸正探頭鑽入其中大嚼，男子身子還在抖著，沒完全斷氣，但除了眼淚、口水亂流之外，連喊都喊不出聲，看來大概也是救不活了。

那獸雖然看起來只像隻中型犬，但就算不提眾人感受到的妖炁，能把一個成年男子以這種方式咬死，也不可能只是隻狗，三個青年見狀怒氣勃發，兩人持刀，一人持槍，對著那隻黑狗直撲。

黑狗感應到妖炁，猛抬頭往後蹦開，一面對三人低吼，三人點地騰身，揮動武器撲向黑狗，黑狗眼見不妙，壓低了身子垂下頭，尾巴一夾往外就鑽，向著花蓮廢墟奔跑。

這狗體積本就不大，加上速度也不慢，三人還沒來得及包住，黑狗已經鑽了出去，三人一怔，同時往外追，但黑狗體輕腿快，在廢墟中逢孔就鑽，迅速順暢，三個大漢卻只能繞遠飛跳著追，這麼追沒多久，黑狗就不知逃哪兒去了。

而另外三個壯漢，這時才慢慢地趕到，一面抱怨說：「怎麼跑這麼快？什麼妖怪？」

「像狗的妖怪。」某個青年回頭沉吟說：「牠看到我們就跑，攔不住。」

「最討厭這種速度快的妖怪！」後到的壯碩青年，其中一個拿著支短棍，憤憤地說。

就在這時候，六人同時一怔轉頭往東面看，那兒一個相貌堂堂、氣度沉凝的揹劍青年，正飄了過來，六人同時舉手行禮說：「隊長！」

隊長一面接近，一面望著地上那斷氣的人，遠遠地皺眉說：「沒救了？」

一個青年過去探視片刻，搖頭說：「沒辦法了。」

到如今，死人已經不是什麼稀奇的事情了……隊長不再多說，轉頭對其他人問：「沒抓到妖怪嗎？是哪種？」

「一隻很像狗的妖怪，黑色的。」一名青年比比大小回答說：「速度很快，鑽了幾下就不見了。」

「像狗？」隊長眉頭微微皺了皺說：「我知道了，你們繼續原來的工作吧。」

「是。」六人行禮之後收拾了屍體，回頭和那群搜索隊隊伍會合。

而這隊長卻一轉方向，往南方的美崙山飄了過去。

只有百餘公尺高的美崙山，本是花蓮的戰略要地，上面還存在不少日本時代建立的碉堡、地道，一直有部隊在這兒駐守，但隨著數十年來的和平生活，美崙山也逐漸發展演變，變成都會旁不遠的森林公園。

這樣的地方，卻是在四二九大劫中受到破壞較少的地區，山上大部分的設施都還保存著，住人也挺方便，加上這是離港口難民區最近的一處山林，如果有妖怪，很可能從這地方先出現，所以除了輪值保護人民的部隊之外，其他部隊大多都駐守在美崙山上，從各個不同的角度，眺望守護著下方的港口。

唯一美中不足之處，可能就是前段時間因木材需求孔急，美崙山上的松樹被砍掉大半，如今不少地方變得光禿禿的不大好看。

那隊長一路往山南飄掠，到了一棟造型獨特漂亮的木造房屋外，爬上階梯，往內走了進去。

這兒是原來美崙山公園裡的生態展示館，是以螢火蟲復育工作爲主的展示場地，很難得地沒在四二九大劫中因火妖爆起而焚毀，這時房子內部展示的各種昆蟲圖鑑都已經被收了起來，兩個滿身白色鹽粒的少年，正癱坐在地面上，似乎有點沒精神，看到隊長進來只隨便揮了揮手，懶得搭理。

「志文、添良，請問宗長在嗎？」隊長倒不生氣，客氣地問。

地上正是白宗的張、侯兩人，黑壯的侯添良聞聲，沒什麼精神地說：「好像又去修煉道術了？」

張志文則拉開喉嚨嚷：「宗長——阿翰兄來了——」

葉瑋珊聲音從裡面傳了出來：「李大哥來了嗎？」

「是我阿翰。」往內揚聲的隊長，正是李宗的最後一人——李翰，返回台灣之後，他如願拜入白宗，在賴一心指導下，學習新的修煉方式，並吸收妖質，那群引仙者所組織成的部隊，因爲他年紀稍長，加上過去在李宗本就和軍警部門常有配合，熟悉這方面的管理，就由他出任隊長，負責引仙部隊的相關事務。

而從李宗取出的大量妖質，一方面提供白宗眾人吸收修煉，另外一方面，也是引仙所需要的重要材料之一。

至於躺在地上的張志文和侯添良，兩人今日剛隨著船隊從高雄回到花蓮，卻不知爲什麼無精打采地坐在這兒。

「李大哥。」一身整齊乾淨，穿著及膝短裙的葉瑋珊，走出大廳微笑說：「有事嗎？」

「宗長。」李翰行了一禮說：「剛剛的搜索隊，在廢墟中遇上了狗形妖。」

「狗妖？」葉瑋珊微微一怔，皺眉說：「多大？妖炁強度如何？」

「我沒親眼看到，似乎並沒有特別大。」李翰說：「但台灣能待的時間恐怕不長了。」

「狗……應該也是群居型的妖物吧？」葉瑋珊沉吟著說：「若是來一群，可就有點難辦……通知臨時政府了嗎？」

「還沒。」李翰搖搖頭，望著葉瑋珊說：「我覺得應該先告訴宗長。」

葉瑋珊莞爾一笑說：「謝謝你，但我也拿不了主意啊。」

李翰沉吟說：「聽說這個月他們正忙著訂定臨時政府組織法草案，其他事情都先放在一旁了，甚至還有人提出不想離開台灣的主張。」

「不離開？」葉瑋珊詫異地說：「這豈不是……」

「豈不是找死？反正是一群爛人。」靠著牆壁，窩在地上的張志文哼聲說：「聽說又想搞選舉了，人都死光了，還選什麼？」

「選舉？」葉瑋珊有點意外地看著張志文：「什麼時候聽說的？」

「剛下船就聽人說啦。」張志文說：「好像爲了什麼……執政的正當性之類的。」

侯添良也靠著木質牆壁，正懶洋洋地開口說：「投票的方式好像正在……那叫什麼？集思廣益？」

「對啦，集思廣益。」張志文好笑地說：「聽說要找適當的投票方式，現在沒法印選票了，而且一大堆人沒有身分證，根本不知道要怎麼投票。」

這時候還搞這些？先逃離這危險地方才對吧……葉瑋珊微微皺著眉頭，沉吟著沒說話。

「那群人，本來就是由過去的官僚和政客所聚集，只會那一套也不稀奇。」李翰說：「不過既然『引仙部隊』的狀況是這樣，老實說，這個政權其實很脆弱……」

葉瑋珊明白李翰的意思，點點頭說：「我對政治沒有興趣，不會干涉他們的。」

李翰想了想，笑著說：「宗長若是願意干涉，說不定還簡單一點。」

葉瑋珊微微搖了搖頭，換個話題說：「李大哥，今天又有船來，你兩個妹妹有消息嗎？」

李翰笑容收了起來，嘆了一口氣說：「那一夜不知死了多少人，雖然家裡沒看到她們……我已經不抱什麼期望了，宗長的父母不是也失蹤了嗎？」

葉瑋珊點了點頭，苦笑說：「雖然早有心理準備，但還是很難接受。」

一旁張志文、侯添良則是家人都已經燒成焦炭，談到這種話題，更是懶得吭聲，李翰看了兩人一眼，輕咳了一聲說：「宗長，上次我們提的事情……只有那位胡宗沈兄可以幫我嗎？已經兩個月了……他眞會來台灣嗎？」

「那人……」想到沈洛年，葉瑋珊心中就有股淡淡的無奈，那是一種想念他，又有點怕見他的情感，葉瑋珊輕吁了一口氣說：「我一直弄不懂他，也許他本來就沒打算回台灣，當初只是說說而已。」

「那該到哪去找他？」李翰皺眉自語說。

「找到他，洛年也未必會幫你啦。」張志文在一旁插嘴笑說：「他超難伺候的。」

「不過洛年對我們好像不錯喔。」侯添良呵呵笑說。

「我們只是沾光啦！」張志文笑拉起侯添良說：「臭阿猴，要躺多久啊？去找練功狂一心。」

「好啦。」侯添良對葉瑋珊和李翰搖了搖手，拿起放在地上的細劍，隨著張志文去了。

「他倆怎麼沒什麼幹勁？這趟去高雄這麼累嗎？」李翰見兩人離開，這才問。

「沒什麼。」葉瑋珊想到這事，抿嘴一笑說：「奇雅和瑪蓮……估計他倆快回來，昨天就隨著船隊往台北去了，可惜他倆還特別帶了禮物回來呢。」

李翰和白宗眾人一起從檀香山返台，一段時間相處下來，早就清楚這些少年男女的關係，聽到葉瑋珊這句話，這才明白侯、張兩人剛剛爲什麼懶洋洋地窩在那兒，也不禁爲之莞爾。

「宗長說過，那位沈兄可以使人體內炁息的質與量大幅提升，這樣一來，吸收妖質的速度也會增快。」李翰說：「但沈兄一直沒出現，我雖然照著一心教導的方式，以內旋法門吸收妖質，現在也越來越感吃力了。」

這問題可說無解，就算身懷洛年之鏡，眾人吸收妖質的速度，其實也越來越慢，而李翰只不過是更早就要面對這個困擾……葉瑋珊沉吟片刻後說：「也許到了噩盡島上，可以找到洛年。」

「我是這樣想的……」李翰說：「我打算試試引仙。」

「啊？」葉瑋珊微微一怔說：「但引仙者，似乎無法吸納妖質呢。」

「確實如此。」李翰說：「可是我們還沒測試過，一個體內本就有大量妖質的人，承受引仙之法後會如何，也許可以繼續吸收呢？」

「我不贊成。」葉瑋珊微微皺眉說：「一心和我商議過，他認爲，妖……或者說仙，是無法吸收妖質的，引仙過後，你會有多少成長還不清楚，但很可能就這麼卡住了。」

「可是宗長說過，引仙的效果只能持續大概數年時間，之後就會漸漸消退，恢復成普通人……」李翰說：「既然如此，應該值得嘗試。」

「這是懷眞姊教我時說的，我也還沒看過實例啊……而且她說的是普通人，一個吸收過妖質的人，施術後是不是也只能支持數年，更是不清楚了。」葉瑋珊不好說自己那時候有點心虛，不敢多問，頓了頓才說：「我本來以爲回台灣會碰上他們，還來得及細問。」

「這……」李翰嘆了一口氣說：「眞的就只能這樣嗎？」

「李大哥。」葉瑋珊和聲說：「其實一心也跟我提過很多種方式，比如利用更多妖質引仙，甚至重複引仙……但是我們對這種道術一無所知，拿人作實驗，風險太大了。」

看來眞的沒辦法，李翰皺著眉，嘆了一口氣，正想告辭時，葉瑋珊說：「李大哥，其實……如果你只是想殺了歐胡島上鱷猩妖群報仇的話，以後我們可以幫你啊。」

李翰回過神，望向葉瑋珊說：「當初我確實只想報仇，但現在……我覺得在這妖怪世界，實力才是一切，如果我們可以強大到把妖怪殺光，把瀰漫的妖炁通通煉成妖質，這世界就不會這樣亂下去了，我們也不用通通躲到噩盡島去。」

「如果最強的妖怪，只有鱷猩妖王那種程度的話，確實有這機會……」葉瑋珊娓娓說：「但也許眞有十分強大、人力無法抗衡的妖怪呢？舅媽說，當時隨著洛年出現的神獸，就強大到讓他們不由自主地害怕……洛年也眞古怪，不知怎麼和那強大神獸結交的。」想到沈洛年讓人不解處，葉瑋珊不禁微微露出笑容。

「我倒不想和妖怪交朋友。」李翰對妖怪一點好感都沒有，毅然說：「兩位長輩也沒見過鱷猩妖王，說不定只是強度差不多的妖怪……日後引仙者逐漸增加，大家合力該可以一搏。」

「也許吧。」葉瑋珊微笑說：「這樣的話，倒是好消息。」

「隨著逐漸吸收妖質，我已經漸漸恢復成內聚者了。」李翰攤開雙手，握拳又張開說：「一時還不大習慣，若我和宗長、奇雅一樣，可以學習道術就好了，既然妖質吸收有困難，可以慢慢累積強度的道天法門，似乎比內天法門還強大。」

「內聚者修煉道術？」葉瑋珊一笑說：「書上倒是有提到，傳說中的闇之道術，似乎不需要發散型……」

「什麼？」李翰雙眼亮了起來：「眞有這種道術？」

「只是傳說而已。」葉瑋珊忙搖頭說：「書上雖然說性質相斥的玄靈分為五類，但只有炎、凍二種詳述了修煉方式，光屬、雷屬和闇屬都只有簡單介紹而已，想學也沒辦法。」

李翰本以為有一線機會，沒想到又是死胡同，他雖然失望，但也好奇地說：「藍姊似乎也是修煉炎術？」

「炎、凍，一個提供熱量，一個取走熱量，顯現的效果雖然不同，但針對殺傷力來說，兩者差不多。」葉瑋珊說：「不過若考慮到與爆訣炁彈配合，炎術似乎更適當，所以我和舅媽才都選擇炎術。」

葉瑋珊說到這兒，看了李翰一眼，卻見他緊皺著眉頭，若有所思，葉瑋珊微微一怔說：

「李大哥？」

「啊。」李翰微一愣，回過神有點慌張地說：「宗長抱歉，我沒聽清楚，可以重說嗎？」

「也沒什麼重要的……」葉瑋珊微笑說：「只是閒聊而已，不用介意。」

李翰有點不好意思地說：「剛剛宗長提到闇之道術，讓我不由得心動起來，眞是失態了。」

葉瑋珊輕搖了搖頭，含笑說：「李大哥，聽說在港口那兒，你很受年輕女孩的歡迎呢？」

李翰一怔，忙搖手說：「沒有這種事。」

「也別把自己繃太緊了。」葉瑋珊說：「如果有人能成爲心靈上彼此的支柱，總是好事，一直想著殺妖怪……太辛苦了些。」

李翰苦笑說：「宗長說得是……對了，我該回港口去報告狗妖的事情了。」

葉瑋珊點點頭說：「李大哥慢走，我和舅媽晚上一樣會下山，繼續幫新選入的隊員引仙。」

「是，宗長請多休息。」李翰行了一禮，快步地轉身離開。

李翰告辭之後，葉瑋珊站在空蕩蕩的大廳，思索著剛剛李翰提起的事，過了片刻，身後傳來聲音：「瑋珊？怎麼在這兒發呆？」

葉瑋珊回過神，想了想，搖頭嘆了一口氣說：「舅媽，妳覺得……洛年是不是不會來了？」

從後進走出來的正是白玄藍，她見葉瑋珊這麼問，笑容微微收起說：「那孩子我也瞧不準……怎麼了？」

「剛剛李大哥來，說出現了狗妖。」葉瑋珊說：「看來那神獸的影響正逐漸消退。」

「嗯……」白玄藍說：「當時那叫作麟犼的神獸，說差不多可以維持半年的時間，現在已經過了兩個多月，一些靈智比較低的，有可能提早闖來。」

「是不是不該繼續四處搜索人員和物資了？」葉瑋珊沉吟說：「萬一有妖怪大舉出現，還是集合在一起比較安全。」

「瑪蓮和奇雅才剛離開……等她們回來再說吧。」白玄藍望著窗外說：「妳舅舅和宗儒、小睿領著人往山裡面找，應該也快回來了。」

這通訊不方便的世界，還眞是麻煩，葉瑋珊嘆口氣說：「舅媽，我最近一直考慮一個問題，想跟您討論一下。」

「怎麼了？」白玄藍微笑走近問。

「我們當時曾商量過，等幾艘大船完成，就可以準備分批往噩盡島出發。」葉瑋珊說：「這樣也許六、七趟，就可以把人運送完畢。」

「是啊。」白玄藍望著葉瑋珊說：「打算開始了嗎？」

「嗯，既然幾艘大帆船完工了，就應該準備了。」葉瑋珊那秀麗的眉頭微微顰起，輕聲說：「這種古式大型帆船，看起來船速該比不上小帆船，而且免不了要上岸補給……就算有熟悉航行的人指引、海上也都沒出意外，來回恐怕也要兩個月時間，而如果到了噩盡島，沒能和呂緣海、賀武的人會合，只靠我們自己上岸探索路線，可能需要更久時間，來回若超過三個月，那神獸的驅趕效果可能已經消失了。」

「也就是說……第二趟出發之前，大量強大的妖怪，就可能會出現？」白玄藍說。

「這就是我擔心的。」葉瑋珊說：「按理說，這兒應該留下重兵防禦，但噩盡島東面雖然道息極少，不適合妖怪出沒，卻大半都是高聳的懸崖峭壁，若往北面繞上島，到安全的地方之前，恐怕難以避免和妖怪衝突。」

「所以那兒也需要高手開路。」白玄藍微微皺眉說：「這該怎麼安排才好？」

「舅媽。」葉瑋珊說：「我希望妳和舅舅留下，由舅媽持續幫選出來的士兵引仙，兩個月後，應該會增加到千餘人。引仙者能力比普通變體者還強大，沒武器也能戰鬥，若有近千引仙者，勉強可以和萬名鑿齒強度的妖怪對峙，也許可暫保花蓮一地的安全……我們其他人先隨船隊上噩盡島探路，建立好安全的路線後盡速輕舟趕回，也許可以在第一波強大妖怪出現前回到台灣。」

「嗯……」白玄藍沉吟著說：「接下來呢？」

「噩盡島上如果找到了安全的路線和地點，第二趟我們就不用去了。」葉瑋珊胸有成竹地說：「就由舅舅和舅媽率領部分引仙者去噩盡島，這兒由我們防守，到第三趟之後，兩邊應該都穩定了，到時候再斟酌應該怎麼安排比較順暢。」

「我和妳舅舅，這一個多月才開始吸收李宗那兒拿來的妖質……能力不如你們。」白玄藍有點遲疑地說：「我們的生死是其次，但若守不住，這兒留下的十幾萬人怎辦？」

葉瑋珊沉吟片刻後說：「這樣吧，我也把引仙之術傳給奇雅，讓她和瑪蓮留下陪舅媽？她也是發散型的，容易學。」

「奇雅願意嗎？」白玄藍一怔說：「上次她不是拒絕了？」

「我再勸勸看吧。」葉瑋珊輕嘆一口氣說：「她不肯學，似乎是想讓我方便管理……只要把需要她學的原因說清楚，她該會答應的。」

白玄藍想了想，搖頭說：「還是算了。」

「舅媽？」葉瑋珊微微一愣。

「奇雅學不學都好，但還是讓她倆陪你們去。」白玄藍說：「雖然說一心他們現在可以自行引炁，還是比不上有妳們倆幫忙的速度，連李翰在內，妳一個人帶著六個內聚型的也太辛苦了……而且奇雅遇事冷靜持重，妳會需要她幫忙的。」

「那這兒……」

「這兒應該還可以安全三個月，到時候你們應該趕回來了，不是嗎？」白玄藍突然莞爾一笑說：「而且我若硬把奇雅、瑪蓮留下，這樣一別三個月，志文和添良恐怕會受不了吧？」

葉瑋珊不禁露出笑容，搖頭說：「他們倆剛剛只是做做樣子，其實該是開玩笑居多吧？看起來不是很認真。」

「這可難說。」白玄藍微笑說：「有些男孩子好面子，就喜歡讓別人搞不清楚他是不是開玩笑……不過現在這種狀態下，可不是聰明的辦法。」

「舅媽要教他們兩個怎麼追奇雅和瑪蓮嗎？」葉瑋珊笑說。

「我可不知道。」白玄藍搖搖頭，笑容收了起來，有點擔心地說：「那兩個孩子倔得很……不是這麼容易的。」

男女之間的事情還真麻煩，希望別鬧出困擾就好了……葉瑋珊一轉念說：「舅媽，噩盡島上現在妖怪不知道有多少……第一趟讓李大哥留下好了，他是引仙部隊的隊長，管理上比較方便，您覺得呢？」

「喔？」白玄藍先微微一怔，想想點點頭說：「這樣對他也好，我贊成，他對妖怪太過仇視，第一趟就讓他上噩盡島，可能多添變數。」

「我也是這樣想，妖怪種類眾多，若是都當作敵人，似乎不大妥當……」葉瑋珊沉吟說：「要是他交個女朋友不知道會不會好些？不過他似乎沒興趣。」

「連這也管？」白玄藍忍不住笑：「自己愛情順利，就希望大家都順利嗎？」

「舅媽！」葉瑋珊紅著臉說：「妳怎麼這樣說，才不是呢。」

「開開玩笑嘛。」白玄藍一笑說：「還好妳很聰明，不用我多擔心。」

自己聰明嗎？葉瑋珊倒不這麼覺得，人生根本不是自己能掌控的……那一晚，沈洛年若沒推賴一心一把，甚至他沒走的話……卻不知如今又會如何？

想到那不知人在哪兒的沈洛年，葉瑋珊心中湧起一抹淡淡的感傷，回憶過去的點滴，葉瑋珊的唇角又不禁露出一抹微笑，在這份感傷中，多混入了一份暖意……

ISLAND
以後偷東西都要帶你去

這個時候的沈洛年，離台灣近萬公里，跨過亞洲、歐洲，在蘇格蘭西北高地的一處山谷間，除了沈洛年和懷眞之外，錟丹、山芷、羽霽三小仙獸都在一旁，一人四妖已經到這兒近半個月了。

台灣那兒正要傍晚，酷熱的天氣依然悶得人頭昏；高緯度的蘇格蘭，此時則是陽光普照、日正當中的時刻，但氣溫卻一點也不熱，那掛在空中的明亮太陽，好像假的一樣。

這兒的古老山岩，被溪流冰川切割得支離破碎，高山、陡崖、河谷、湖泊交錯，一大片數十公里寬的地面山連海、海連天，幾乎沒有城市。

在這高地深處，不只沒什麼人類的蹤影，連妖怪的蹤跡都沒有，就算偶爾有幾隻出沒，感覺到三小妖的強大妖炁，大多也先一步避開了。

這時錟丹等三小仙獸，在山壁陰影旁，各自相隔了約兩公尺的距離，對著一片山壁凹地，專心地集中著妖炁，往外構築凝聚著，不知正忙些什麼。

而不遠處另外一邊，沈洛年盤膝閉目，坐在一片草原上，穿著綠色裙裝坐在一旁的懷眞，上半身正伏在沈洛年腿上閉著眼睛休息，沈洛年左手輕抓撫著懷眞的背，放在膝上的右手，卻有點古怪地伸曲著，而兩人身旁放了個長條狀大布包，裡面不知裝著什麼東西。

正一片寧靜祥和的時候，突然懷眞從沈洛年懷中蹦了起來，一瞬間離開他數公尺，沈洛年吃了一驚，訝異地看著懷眞；懷眞的表情卻也是又驚訝又害怕地看著沈洛年，兩人對望了片刻，懷眞才詫異地說：「臭小子，那是什麼？」

「什麼？」沈洛年愕然說：「我什麼都沒做啊。」

懷眞往三小那兒看了一眼，見沒驚動到她們，她聲音放低往回走，一面說：「不對，明明有怪怪的。」

「我正在做妳叫我練習的事情。」沈洛年一怔說：「沒做別的。」

「唔……」懷眞歪著頭上下看了看說：「現在還在做嗎？」

「沒有了。」沈洛年搖頭說：「妳嚇了我一跳，我收回道息了。」

懷眞這才敢湊近沈洛年身軀，她伸手摸了摸沈洛年右手說：「剛剛我妖炁不穩，似乎正往你手那兒跑。」

「啊？」沈洛年吃了一驚說：「我只是照妳的建議，嘗試凝聚道息到手掌啊。」

「這也不是沒有可能……」懷眞說：「多濃呢？」

「這該怎麼說？」沈洛年皺眉說：「反正比以前還凝聚。」

「你一面練習，要一面定出大概數量啊。」懷眞說：「否則我們怎麼知道說哪種？」

「唔。」沈洛年抓抓頭說：「好吧……現在的未凝聚狀態，大概是……周圍道息的二……

二十倍量？」

「那以後周圍道息叫作一，你體內就叫二十好了？」懷眞笑說。

「萬一周圍道息濃度又提升呢？」沈洛年問：「每天都不一樣呢，我體內也會變的。」

「對喔。」懷眞一怔，嘟起小嘴說：「那該怎辦？」

要是葉瑋珊在就好了，她一定馬上就會想出辦法……沈洛年停了幾秒，甩甩頭，把腦海中那女子的影像甩開，仔細想了想這才說：「應該要定個……不會變動的絕對值當基準。」

「啊，我知道了。」懷眞笑說：「給我吸的時候那種！」

「那種也會變化啊。」沈洛年說：「不就是因爲上次變濃了，妳才要我練習調整？」

「對啊。」懷眞認眞地說：「怎麼可以忽然改變？太濃我應付不了啦，差點化掉我的妖炁，調整到以前那樣，穩定下來的數值當作……『一百』好了？」

「這樣啊。」沈洛年聳聳肩說：「無所謂，不過都是我自己估計，可能誤差很大喔。」

「沒辦法啊，又不能量量看……欸，如果給我吸的算一百，剛剛吸我妖炁的是多少？」懷眞很在意這一點。

「嗯……」沈洛年說：「七……八百吧。」

「還可以凝聚到更高嗎？」懷眞問。

「不知道，得試試。」沈洛年說。

「最高大概可以多少？」懷眞又問。

「誰知道啊？」沈洛年瞪眼說。

「估計一下啊。」懷眞頓足說：「兩千和兩萬就差很多。」

「哪可能這麼離譜！頂多一千吧？」沈洛年說。

「一千還好……否則我得跑遠點……」懷眞退了十公尺左右說：「試試，好了叫我。」

沈洛年再度把道息凝聚在掌心，隨著意志的集中，道息濃度也逐漸累積，過了幾秒，沈洛年抬頭說：「就這樣了。」

懷眞點點頭，緩緩往這兒走，一面注意著自己的妖炁狀態，直到沈洛年面前，她歪了歪頭，伸手往沈洛年右掌附近探，到大約離三十公分左右，才迅速回縮說：「有了。」

「嗯，我也有感覺。」沈洛年這時也感覺到了，確實在剛剛那一刹那，似乎有一絲什麼東西，被吸引融入掌心的凝聚道息之中，本來這不斷凝縮的過程，就是把體內道息往那兒集中，會產生這種吸引力，似乎也不是不能理解……

「這麼近啊。」懷眞有點失望地說：「似乎不實用。」

「幹嘛實用？」沈洛年說：「我吸了妖炁又沒用。」

「笨。」懷眞扠腰罵：「要是可以吸遠處，戰鬥時對敵人一吸，不就很好打嗎？」

沈洛年倒沒想到打架的事，這個「笨」也只好認了……這兩個月不是完全沒有和其他妖怪戰鬥過，但和這幾隻妖怪在一起，確實很沒有緊張感……也就是說，根本輪不到他出手，一時還眞忘了這不是個和平安詳的世界。

「現在沒用，也許有天會有用吧？」懷眞說：「這先不管，其他狀態的數值大概多少？」

「什麼其他狀況？」沈洛年問。

「就是外面道息濃度啊，你體內一般狀況，還有我吸的時候，各種狀況都說一下。」懷眞笑說：「除了鳳凰，沒有人體內能蘊有道息，誰都不知道道息可以做什麼，應該好好研究一下。」

「好囉唆。」沈洛年不想配合，瞪眼說：「妳以前都沒管這麼多，幹嘛突然研究起這個？」

「就是因爲現在要用啊！」懷眞頓足說：「不然我哪管這麼多！」

「要怎麼用？」沈洛年說：「我以後餵妳的時候，記得凝聚固定的濃度就好啦。」

「不是這樣。」懷眞壓低聲音，指指不遠處的三小說：「她們練了這麼久，快要能學會感受道息和煉化道息的功夫了，到時候只要你運出部分道息給她們……她們雖然還消化不了這麼多，但只要把那口精粹轉化運用，就可以變人。」

「變就變啊。」沈洛年說：「和這有什麼關係。」

「我不想讓她們知道道息來自於你啊……不然上癮了豈不是會和我搶？萬一分不夠怎辦？」懷眞瞪眼說：「要能操控由心，隔一段距離偷偷送到她們口中，還能維持適當的濃度……當然要先練熟。」

原來是爲了這種事，沈洛年自然知道懷眞其實是拐她們來找寶物，但是爲什麼要她們變人卻一直弄不清楚，沈洛年過去也懶得問，今天既然提到，就順便問：「妳讓她們幫妳挖寶就算了，讓她們變人幹嘛？」

「這算報答啊。」懷眞說。

「變人算什麼報答？」沈洛年詫異地說。

「你以爲我跟她們開玩笑嗎？」懷眞睁大眼睛說：「若眞有個好武器，人形戰鬥本來就比較佔便宜，只是大多數仙獸都習慣用原形戰鬥，年紀大了之後也懶得重練了，讓她們從小開始練起，其實不是壞事。」

「那妳挖了三個應龍寶庫，怎麼都沒找到好武器？」沈洛年說：「反而弄了一些怪東西自己用。」沈洛年一面說，一面抓起懷眞的右手，看著她戴在尾指上的一只小小銀白色戒指。

「哎呀，我只是順便撿點東西。」懷眞嘻嘻笑說：「這可以優化妖炁，使用的效率會提升。」

「脖子上那個呢？」沈洛年望著懷眞脖子上掛著的一個鵝黃色絨墜項鍊。

「這有把部分妖炁輕訣化的效果，可以加速。」懷眞得意地說：「雖然比不上你鳳靈的古怪重量消失……」

「質量！」沈洛年打斷說。

「隨便啦，總之可以提升我移動、閃避的速度，雷術只能揍人，不適合防禦，我現在萬一被打到可受不了。」懷眞接著指著旁邊的長條布包說：「而且有找到武器啊，怎麼說沒有？」

「她們不是嫌不好嗎？」沈洛年不是很清楚懷眞和她們怎麼「分寶」的，只知道挖了三個龍庫，三小卻抱怨都沒找到好武器。

「其實也是不錯的東西了。」懷眞吐吐舌頭說：「她們想找到能穿過護體妖炁的武器，這去哪兒找啊？那次是作弊的。」

沈洛年忍不住笑說：「誰教妳要騙人，現在怎麼辦？」

「等她們變人以後，要她們先拿著用，開始練習人形的作戰方式。」懷眞低聲說：「這樣至少對得起她們。」

沈洛年說：「既然這樣，怎不再去……敖家那兒找找，說不定還有金犀匕之類的東西？」

「不行。」懷眞搖頭說：「敖家人多勢眾，萬一走漏風聲，我們倆孤家寡人的，還可以找地方躲起來，但這些小鬼特徵明顯，被揪出來豈不是害了她們？會牽連到整個家族。」

這倒有道理，沈洛年點點頭，只聽懷眞接著又說：「而且你以爲金犀匕到處都有嗎？我是剛好知道敖家老龍在他椅子底下藏有一支，否則去哪兒找？」

「好啦。」沈洛年揮手說：「反正妳比較懂，既然對得起她們，由妳作主就是了。」

懷眞一轉念，瞪了沈洛年一眼說：「我和小芷、小霽的長輩可都認識，你以爲我眞會欺負她們嗎？」

「誰知道。」沈洛年哼了一聲說：「對我的朋友妳就挺沒人情味的。」

「欸？居然怪我！」懷眞撲倒沈洛年，壓著他憤憤地說：「沒良心！我教了他們多少東西？若不是總有危險，我也願意跟他們玩啊，你這不能打架又愛拚命的傢伙，和他們混下去會死的。」

「好啦，我只是隨便說說。」沈洛年躺在草地上，轉頭望著三小那端說：「她們這次怎麼搞特別久？妳找到門戶之後，她們居然花了幾個小時還沒打開？」

「可能門特別大吧？」懷眞似乎也不明白，像隻狐狸般縮著身子趴在沈洛年身上，歪頭說：「有些人喜歡面子好看，花多點妖炁做大一些。」

就在這時候，那兒突然轟地一聲，一股氣流往外散，就在三小面對的山壁前，突然無端端出現了一個閃耀著光輝的巨大門戶，這一瞬間，三小同時跳了起來，高興地發出不同的叫聲。

「召出來了？」沈洛年推開懷眞，坐起望了過去，詫異地說：「還眞大啊。」

只見那彷彿彩色琉璃所造的巨大門戶，長寬都差不多有六公尺，一左一右兩扇沉厚的大門緊緊閉合著，周圍閃動著強烈的妖炁，望著那扇門戶，沈洛年和懷眞都露出了訝異的神色。

「這個好！」錟丹跳了起來：「漂亮！」

「嗶比比！嗶嗶！」羽霽也開心地嚷，雖然龍頭不是很適合說鳥語，但高興的時候也顧不得這麼多了。

山芷卻馬上跑了回來，身體擠到沈洛年和懷眞之間，推開懷眞，用身側磨蹭著沈洛年，頗有點表功的架式。

懷眞被擠得回過神，這時沒空和山芷吃醋，她看著那門說：「似乎太大了些……」

「我推看看！」錟丹奔到門前，人立而起，帶著熾焰的一對前足往門口蹬了下去，兩股妖炁對撞，轟地一下被震退了兩步。

「嗶！」羽霽也蹦到門前，匯聚著妖炁的翅膀揮了揮，磅磅兩響之後，門還是沒有動靜，她回頭喊：「小芷！一起！」

山芷聞聲蹦了過去，接下來三小分別站開，㷋丹在門口正面，羽霽、山芷一左一右，同時出力推著那瀰漫妖炁的左右兩扇大門，兩方妖力互抗著，門戶依然穩穩地站在那兒，一點作用都沒有。

「還是打不開！」羽霽轉頭求救：「懷眞姊姊快開門！」

「妳們別急。」懷眞走近兩步，看著門戶，突然有點遲疑地說：「眞要進去嗎？」

這是什麼話？這半個多月混在這山谷裡，不就爲了這個門戶嗎？三小都詫異地看著懷眞。

沈洛年揹起那長包裹走近說：「怕有危險嗎？」

「是啊。」懷眞又有點捨不得地說：「但是看樣子裡面應該有好東西……不趁這時候偷就沒機會了。」

「打開、打開。」㷋丹嚷。

「說不定連我也沒辦法打開喔。」懷眞笑說。

「咦？」㷋丹一愣說：「懷眞姊姊打不開嗎？」

「那，白找了？」羽霽左右揮翅敲打那門，妖炁撞擊間，轟轟響個不停。

「小霽妳好吵。」懷眞掩耳說：「停一下，讓我想想。」

羽霽憤憤地停下翅膀，那隻細細的獨腳正焦急地直蹦，山芷突然撲了過去，和羽霽在地上打起滾來，兩人這一玩，羽霽也忘了生氣，翻來滾去地打到另外一個地方去了，錟丹看了有趣，睜大眼睛跟著跑開。

這些所謂的龍庫——或者說龍的居所，其實是個利用妖炁凝聚成的空間，而這空間，只有門戶存在於人間，其他部分則都隱藏在玄界。

因爲玄界之門雖然不能讓人物出入，卻可以讓開門者的妖炁進入，而藉著妖炁凝聚出的實體空間，卻也因此成爲一個可以探入玄界的特例，進而藉著這連結兩界的空間，使人物軀體進入玄界。

這樣的妖炁凝結成的空間，除了用來居住之外，還可達到保存財寶的目的，不過也因爲以妖炁所凝成，一般來說不可能太大，眼前這樣六公尺寬的巨門，象徵著裡面有寬廣的空間，不只代表可能有爲數眾多的寶物，還意味著這屬於一個十分強大的妖怪所有。

據懷眞說，這些門戶本來是顯現在世間的，但隨著仙界和人界分開，道息消失，這些純以妖炁凝聚的門戶也無法停留，便逐漸縮回了玄界之中。

這樣的門戶，通常都建立在道息比較集中的地方，一方面容易建立，二來強大妖怪也喜歡在這種地方修煉，而在這過去的極西蠻荒地域，強大的妖怪便以巨翅龍族——應龍爲主，只要找到這種地方，仔細地探索一番，就有機會找到門戶的蛛絲馬跡，進而匯聚道息，使門戶顯現。

當然，眾人並非門戶主人，妖炁不合，開門沒這麼容易，何況建造這些門戶的主人都是強大妖怪，若懷眞身體無恙，還有機會開啓，三小的妖炁，卻絕對不足以突破，這兩個月時間，找到的三個龍庫，其實都是靠沈洛年作弊消去門戶妖炁，懷眞才把門推開，不過三小感受不到道息，自不知懷眞靠沈洛年作弊。

今日這門戶妖炁雖強大，但只要沈洛年一出手，還是可以把妖炁化去，卻不知懷眞為什麼突然有點遲疑。

之前三座應龍寶庫之中，有用的東西其實不多，大部分都是漂亮的金玉珠寶，畢竟眞正的寶物，除非有特殊原因，應該會盡量帶在身上，留在庫房中的自是次級品，過去懷眞能拿到金犀匕，那是特例中的特例。

見懷眞望了半天沒吭聲，燄丹忍不住奔回來嚷：「懷眞姊姊！先試試看吧。」

懷眞看了沈洛年一眼，皺著眉頭沒回答。

「這地方的主人應該還來不了吧？」沈洛年頓了頓說：「為什麼會有危險？」

「看這模樣，這空間也成精了，進去的話會攻擊我們的。」懷眞說。

「不怕，我們進去就好！」一聽懷眞開口，馬上蹦回來的羽霽忙說。

「這樣更危險。」懷眞搖頭說：「妳們只知道到處亂闖，遇到陷阱就糟了。」

羽霽歪著頭，似乎不大服氣，卻又不敢頂撞懷眞。

「但是都到了這兒，難得又可以……」懷眞看了負責作弊的沈洛年一眼，有點調皮地笑說：「不進去好像太可惜了？」

「對啊！對啊！」錟丹和羽霽同時嚷。

終究還是要進去就對了，沈洛年正想舉手，懷眞卻輕抓著他的手阻住，一面對三小說：「但這次可不能隨便亂跑，進去之後要聽我的話喔。」

「好——」錟丹和羽霽一起嚷，連山芷都點了點那個大頭。

懷眞這才放開沈洛年的手，對他打了個眼色後，踏出一步，轉身把雙手放在門上。

作弊的時候到了，沈洛年走到門側，趁著三小都看著懷眞，一股濃稠的道息順著門戶散入，果然這作弊專用的道息無敵，走到哪兒妖炁就散到哪兒，沈洛年也不用把妖炁化盡，當妖炁的結構一破壞，懷眞妖炁一迸，兩扇巨大門戶緩緩往後滑移，無聲無息地開了九十度角。

「哇！懷眞姊姊好厲害！」錟丹馬上蹦到旁邊，羽霽更是馬上要往裡面衝，山芷也跟著要跑。

「別急。」懷眞說：「慢慢來，我先走。」

三小一愣，只好停下，沈洛年也走近了懷眞身旁，一人四妖這才緩緩往內走。

五人眼前出現的是一條比門還寬大的百公尺鋪沙長廊，周圍在濃稠的妖炁之中閃耀著琉璃彩光，令人目眩，百公尺外的末端，似乎又有另外一扇琉璃大門，也不知道是不是還有別的機關。

「在這兒等一下。」懷眞走沒幾步，讓眾人停下，四面看看說：「這兒主人似乎很喜歡這種材質。」

這些建築物既然是妖炁所凝成，外觀就很自然表現了主人的嗜好，這些喜愛寶物的龍族，每個庫房都是金碧輝煌、耀眼奪目，不過以琉璃爲主的倒不算多。

「長長的路！不是寶庫。」羽霽看著足有近百公尺的長廊，詫異地說。

「走吧、走吧，寶庫在前面的門。」𤊹丹頂著懷眞。

「再等幾秒。」懷眞說：「差不多該有反應了。」

「什麼反應？」其他四人都微微一愣，之前三個龍庫，都是打開門以後就出現一間庫房，眾人便開始翻箱倒櫃，哪有什麼要注意的？

「來了。」懷眞把沈洛年拉到自己身後，一面說：「妳們應付看看，不行的話，我們馬上出去。」

「什麼？」羽霽回過頭，卻見這長廊前方，妖炁正逐漸凝聚，前方一個個巨大身影逐漸出現，那些東西全身披滿鱗片，腹大頸細尾長，粗壯的四爪聚地，身後巨翼如蝠，揮動間風聲乍起，正是巨翅龍族——應龍。

「有人耶！好多。」三小吃了一驚，闖空門時遇到主人在家，這未免太尷尬了。

「都是假的。」懷眞說：「妖炁藉著地面沙粒凝聚的，不是實體。」

「假的？」三小都安心了些，她們都知道龍族不好惹，但假的倒不太擔心。

這時前方兩條應龍已經凝妥形影，他們目光一轉，正對著五人衝來。

錟丹從來不怕打架，首先往前撲去，羽霽和山芷也不肯落後，跟著往前撲，兩方還沒撞上，錟丹的火球已經噴了出去，轟然一聲，一隻應龍首當其衝，那龐大的胸腹被炸出了一個大洞，沙塵紛飛，但他似乎毫無感覺，巨口一低，對著錟丹咬來。

錟丹吃了一驚，身子一扭，鑽過了龍頭，隨即騰空而起，旋繞飛竄，那蘊含著爆勁的四足亂踢，把這條應龍炸得到處都是凹洞。

另一面，山芷一個折衝，從後方一把抱住另一條應龍的腦袋，她四足的銳爪冒出藍光，緊緊抓握著應龍脖子，那張巨口對著對方後腦亂咬，應龍不斷扭轉甩動，腦袋對著牆壁亂撞，但山芷卻對這些撞擊似無所覺，一樣咬個不停，只可惜雖然不斷咬下對方軀體，但咬下的地方卻馬上就散爲沙末與妖炁，眞是很沒口感，山芷咬得滿口是沙，越咬越不高興，忍不住大吼。

在此同時，羽霽也快速地繞著這兩條應龍飛旋，爪翅齊揮，到處亂打亂抓，這些應龍不是實體，雖然不斷被破壞，但妖炁也不斷地凝聚修補，很多傷口又不知不覺地恢復了，還好三小畢竟破壞力驚人，沒過多久，這兩條以沙凝聚的應龍，結構幾乎都被破壞，失去了戰鬥能力，先後躺倒，化爲妖炁融回甬道。

這兩頭剛倒，後面又擠上兩條，不過這些假應龍倒沒什麼可怕的，三小旗開得勝，士氣大振，當下繼續往前撲殺。

兩方戰鬥沒有多久，後面的應龍又緩緩地往這兒走近，還好這甬道雖然寬大，也擠不下太多應龍，只有兩隻能和眾人交戰，但後面幾十隻不管三七二十一地不斷往前推，逼得五人逐漸往後撤，最後居然是退到了門外，還好這些應龍只擠在門口，倒也不往外走。

幾分鐘後，三小又咬散了六隻應龍，她們漸漸掌握到攻擊的原則，這些應龍乃妖炁與沙所聚，並非眞的血肉之軀，沒有所謂的要害，只不過基本運動結構還是和實物類似，所以只要把施力、支點之處破壞，讓對方趴下無法活動，自然會化爲妖炁消失。

沈洛年眼看三小越殺越順暢，不斷在門口飛騰，打翻一隻隻應龍，但回頭一看，懷眞的表情卻依然頗凝重，不知擔憂著什麼，他不禁疑惑地問：「還好吧？她們三個似乎沒問題。」

「沒問題是沒問題……」懷眞望著裡面說：「妖炁沒眞的打散，這樣沒完沒了啊。」

「啊？」沈洛年往內望，果然應龍正源源不絕地往前衝。

到處飛繞的羽霽，算是最輕鬆的，她聽到懷眞說的話，往內一看，果然一條條應龍又聚集成形，跟著搖搖晃晃往外走，她忙問：「怎麼打散？」

「要找到妖炁聚集處，將之打散，這通道就來不及回收妖炁了。」懷眞說：「這些只是妖炁的凝聚體，該當成很強大的原質小妖應付。」

很強大的原質小妖？三小似乎頗難理解，暫時還是照著之前的戰鬥方式攻擊，沈洛年反而聽懂了，懷眞口中的原質小妖，應該就是人類所說的原型妖……當初懷眞教過自己怎麼利用道息應付大體積的原型妖，但後來一直沒試過……

「怎麼找聚集處啊？」惔丹一面戰鬥一面喊：「又不是小妖，看不出來啦。」

懷眞也皺著眉頭，小妖的妖炁虛弱，很容易找出妖炁集中處，但這些假龍渾身上下都是濃濃的妖炁，可就沒這麼好找了。

要找妖炁聚集處嗎？沈洛年瞇著眼睛瞧，倒有點概念，於是說：「我走近點看看。」

「可以嗎？你小心點。」懷眞抓著沈洛年的手，和他並肩往前，準備好隨時把他往回拉。

再度接近了門戶，沈洛年仔細一看，也許是意念導致，這些應龍越看越不像應龍，而是一團團妖炁的凝結物……莫非那看透本質的能力，也能在這種地方作用？沈洛年仔細望了望，漸漸看透虛僞的外層，直見假應龍體內一條條妖炁的流轉方向，片刻後，他點頭說：「都在脖子下面不遠，翅膀頂端中間……就是這種地方，內側大概三十公分處。」沈洛年摸了摸懷眞的後頸根稍下處示意。

「眞看得出來？」懷眞微微一驚，望了沈洛年一眼，推開他的臉說：「你以後別看我。」

「實體沒這麼容易啦。」沈洛年好笑地說。

懷眞嘟起嘴，瞄了沈洛年一眼，這才對那兒揚聲說：「小鬼們注意。」

三小微微一怔，動作放慢了些，卻見懷眞一伸手，轟地一聲，半空中爆下一道落雷，由外往內，不偏不倚地對著山芷面前那條假應龍的後背要害處炸了進去，只見那假應龍渾身妖炁一散，就這麼在半空中散化，沙粒如瀑般灑下，而這些妖炁因爲來不及重新吸收入甬道，紛紛往外散溢。

「看清楚沒有。」懷眞清亮的聲音說：「就打那兒！」

這樣的提示已經很夠了，三小眼睛一亮，動作突然快了起來，一路往內殺，這些假應龍雖然也知道護著自己的要害，但畢竟不是實物，動作和反應都慢了不少，只不過幾秒的工夫，十幾隻應龍就這麼化爲妖炁，飄散出天際。

雖然甬道仍不斷產生應龍，但數量一少，更好應付，只要妖炁凝聚出現，才剛稍有形體，三小就彷彿比賽一般，搶著上前撲殺，就這麼過了幾分鐘，周圍的妖炁終於消散殆盡，這本來閃閃發光的甬道，也隨著妖炁散佚而逐漸黯淡，只剩下十分凌亂的起伏沙地。

三小這時還在四面張望尋找敵人，目光偶爾望到懷眞的時候，都是一臉佩服，懷眞不禁抿嘴輕笑，拊在沈洛年耳畔說：「不好意思，她們佩服的人，本來應該是你才對。」

「無所謂。」沈洛年搖頭說。

眼看這甬道似乎沒有新花樣了，懷眞與沈洛年隨著三小往前，見甬道末端又是一扇巨大的門戶，三小又開始砰砰磅磅地撞門，一面興奮地亂叫。

「學不乖的小鬼們……讓開吧。」懷眞對沈洛年打個眼色，兩人往門戶走。

羽霽退開的時候，看到沈洛年跟著走近，忍不住瞪了沈洛年一眼，她不明白爲什麼自己最喜歡的山芷和最佩服的懷眞，都喜歡和這沒用的人類混在一起，所以整天只想找辦法偷偷宰了沈洛年，要不是懷眞看得緊，沈洛年會不會死倒不知道，苦頭恐怕免不了。

照著老方法，沈洛年再度散化了妖炁，由懷眞施力打開這扇門戶，門一打開，五人擠在門口往內望，同時發出了讚歎的聲音。

這裡面是個數百公尺寬、十餘公尺高的金碧輝煌圓形大廳，周圍是與外面相似的琉璃結構，上面也裝飾著各式各樣的金銀珠玉，不只如此，整個大廳周圍沙面上，高高低低堆滿了各種各樣的金銀寶物，讓人不由自主地倒抽了一口氣。

一般來說，適當的金珠點綴，會讓人感到美觀，大量的金銀寶玉，有時候難免讓人感覺俗氣或銅臭，但當這耀目珠玉金寶多到一個程度的時候，又會產生另外一種和世俗價值無關的純粹美感，畢竟這些東西本來就十分好看。

但是幾千年前，去哪兒找這麼多這種寶貝？沈洛年目光四面一轉，突然發現，這些居然大都是妖炁與沙所凝，並非實物，難怪數量如此龐大……看來這兒的主人實在很喜歡珠寶金玉。

不過除了龍族之外，其他妖怪對金銀寶物倒沒什麼興趣，欣賞片刻後，三小已經開始東張西望地問：「哪兒有好武器？」

「等一下。」懷眞四面張望著說：「這裡面沒有其他埋伏嗎？」

「沒有吧？」羽霽跳了進去，試探地往前蹦了幾步，揮翅推開一座擋路的紅玉塔。

「小霽，動作輕點。」懷眞微微皺眉，往內走了兩步，一面說：「外面那些沙龍雖然已經很難應付，但應該還有別的東西才對。」

「要不是找到妖炁集中的地方殺掉他們，我們也進不來。」猋丹蹦跳而入說：「可能沒有了。」

山芷也跟著往內跑，她找到了一個裡面有著雕花玉珠的鏤空雙層玉球，正趴在地上，把玉球抱在嘴裡亂咬。

「嗯……也許眞的沒事了。」懷眞從地上撿起一把金光閃閃的金砂，讓這些金砂從指縫灑落，一面皺眉說：「有妖炁，似乎不像眞的？」看來這種東西，拿到外面就會化散成妖炁與沙末了……在這一片假寶物中，去哪兒找眞寶物？想了想，懷眞突然目光一亮，望著沈洛年。

沈洛年笑了笑，手指西北角低聲說：「那堆才是眞的。」

這傢伙果然看得出來，懷眞不禁大喜，抱著沈洛年舔了兩口說：「以後偷東西都要帶你去。」

「別舔！」沈洛年最討厭被懷眞的口水塗滿臉，連忙把她推開。

懷眞咯咯笑著放開沈洛年，回頭說：「小鬼們走吧，在那兒。」

眾人正開心地往那端走，大約走到半途的時候，突然身後的大門自動關了起來，眾人一驚止步，懷眞大感不妙，忙叫：「先開門。」一面拉著沈洛年往回奔。

但大門卻彷彿融化了一般，就這麼和牆壁凝爲一體，變得完全不像門戶，懷眞不禁一呆，這樣該如何開啓？就算沈洛年散化了妖炁，也沒門可推啊。

就在這個時候，眾人身後妖炁逐漸凝聚，一頭巨大的應龍，在洞窟中央緩緩浮現，這應龍高近八公尺，體長十餘公尺，周圍的金銀寶玉不斷消失化散為妖炁與沙粒，向著那巨大應龍的身軀集中。

「又來了！」錟丹蹬著雙蹄哇哇叫。

「大隻的。」羽霽嚷。

「吼。」山芷大吼了一聲，身後肉翅一展，往前衝去，另外兩小也不畏懼，紛紛騰空浮起，對著那巨大的應龍衝。

「怎麼這麼大隻？」沈洛年忍不住說：「妳不是說變這麼大速度會慢？」

「這兒的精靈也許覺得，以這種大小對付我們就可以了。」懷眞望著那方說：「妖炁集中的地方還是一樣嗎？」

「一樣。」沈洛年點頭。

「那就好。」懷眞安了心，和沈洛年一起觀賞眼前的戰鬥。

三小相準了目標，正輪番直撲應龍的要害，雖說因為這隻體積更大，一時還打不入深處，但巨龍雖不斷左衝右突，仍防禦不了不斷飛旋攻擊的三小，後背的傷口越來越大，不久之後終於妖炁一散，凝結的軀體外散成妖炁和沙塵，向著四面飛散。

「贏了！」打垮了這麼大隻的巨獸，三小可得意了，一面飛繞一面歡呼，而另外一面，懷眞不免有些迷惑，這寶庫中的巨龍，會不會太好對付了？

正懷疑間，寶庫中央，妖炁再度凝聚，一模一樣巨龍的身影再度出現，他怪吼一聲，又對著三小撲去。

「又來了！嗶！」羽霽飛旋而繞，在巨龍眼前揮翅穿梭，吸引著巨龍的注意力，她自知破壞力不如燚丹和山芷，但速度則有過之，不如負擔誘敵的工作。

山芷和燚丹自然也不停留，兩人分別往後繞向對方後背，準備針對要害攻擊。

三小繼續戰鬥的同時，懷眞四面望了望，突然一怔說：「糟糕，中計了。」

ISLAND
免得有人打歪主意

「怎麼了？」沈洛年問。

懷眞臉色凝重地說：「這兒妖炁無法往外散出，這應龍殺了又會復活，得打很久……」

果然眼前那應龍又被三小擊碎妖炁中樞，散化爲妖炁往四面狂捲，跟著那些妖炁再度融入周圍牆壁之中，之後又緩緩從這圓形建築的正中央凝聚浮出，又是一隻全新的巨大應龍。

三小這時候倒還沒想這麼多，看到又出現一隻，一樣歡天喜地往上撲咬，過沒多久，又咬散了一隻。

每次巨大應龍倒下，就是一次次龐大妖炁往外湧散，又過兩次之後，懷眞終於有點受不了，她看了沈洛年一眼，突然醒悟，躲到沈洛年身後縮起，一面說：「幫我擋妖炁。」

「嗯。」妖炁對沈洛年無效，他自然比現在元氣大傷的懷眞還輕鬆。

「眞糟糕，門戶被妖炁截斷了，現在這兒完全屬於玄界之內……我的雷術也無法使用。」

懷眞突然大聲說：「小鬼們小心點，這兒引不了炁，別打到脫力了。」

三小一怔，這才發現狀況不妙，燄丹首先嚷：「懷眞姊姊，可是殺不完耶！」

「沒完沒了！嗶嗶比比！」羽霽一面飛一面亂喊。

「吼！」山芷也嚷了一聲湊熱鬧。

「別急著打倒他，先繞繞耗時間，我想辦法。」懷眞說。

三小當下保持著距離，逗引著應龍，不敢太過耗力。

這些仙獸和剛開始修煉的人類不同，補充消耗炁息時，並不需要特別舉行什麼引炁的動作，而是平常就不斷地引入，所以持久力比普通人類悠長不少，但這兒是一個無法引炁的空間，不管多悠長終究都會耗盡，三小自然不敢大意。

沈洛年見狀伸手說：「我把這門吸化掉？看能不能打開出口。」

「不要。」懷眞抓住沈洛年的手：「你沒發現這大廳不斷在緩緩旋轉嗎？門已經不在這兒了。」

「不在了？」沈洛年一愣說：「那挖個洞看看呢？」

「我們是靠著這團妖炁凝成的空間，才能存在於玄界，若打開一個洞和玄界直接接觸，不知道會怎樣……」懷眞搖頭說：「別亂來。」

沈洛年見狀，也只好沉默下來，但懷眞雖然阻止了沈洛年，心中卻想不到解決的辦法，若她自己能力還在，可以嘗試著以大量妖炁壓迫控制住這兒的精體，進而達到自己的目的……三小畢竟還小，若都已經修煉成為妖仙，說不定三人合力還有一線機會，現在是絕對不可能的。

難道五人就這樣陷在這兒直到妖炁散盡？懷眞皺眉說：「只有一個辦法了……」

「怎麼？」沈洛年問。

「你運送一股道息給我。」懷眞說：「我把它轉化爲妖炁使用，該可以控制得了這個精靈。」

「可以這樣嗎？」沈洛年訝異地說：「怎不早用？」

「很傷身體。」懷眞搖頭說：「但實在想不到別的辦法。」

「道息會傷身體嗎？」沈洛年說：「妳不是常吃？」

「笨蛋，那是在體內慢慢吸收轉化啊。」懷眞瞪了沈洛年一眼：「現在這種做法，就像……你吃飯到肚子裡面，不慢慢消化，卻一瞬間在腸胃中燃燒成能量，拿出來運用一樣。」

雖然不知道相似度有多少，但聽起來果然很傷，沈洛年呆了呆說：「那還是不要吧。」

「可是這樣下去，她們三個的妖炁最後也會耗盡的……」懷眞說。

「欸，我有個疑惑……」沈洛年說：「那大傢伙，只是妖炁和沙的集合體吧？」

「對啊。」懷眞回頭說：「怎麼？」

「那……」沈洛年皺眉說：「沒妖炁的話，沙本身就會散開，這樣應該打不痛我吧？爲什麼不讓我……」

「呃？」懷眞一呆，突然驚喜地說：「你怎不早說？」

「媽啦！我以爲妳考慮過了，有什麼怪原因才不讓我去。」沈洛年又好氣又好笑地瞪眼說：「我怕問了又被妳罵笨蛋！」

「快上、快上！我怎沒想到？」懷眞笑嘻嘻地推著沈洛年說：「應付妖炁聚成的怪物，你是天下第一。」

「到時候妳自己想辦法跟小鬼們解釋喔。」沈洛年說。

「唔……」懷眞皺了皺眉，抓抓頭說：「到時再說吧，反正都是小鬼，隨便打發就好。」

反正騙人、作弊的主使者也不是自己，沈洛年不再多說，扔下包裹往前飄，對著戰團掠去。

首先發現沈洛年接近的是在外圍飛旋的羽霽，她一看到沈洛年，馬上詫異地嚷：「你來幹嘛？」

山芷聞聲轉頭，也吃了一驚，抽空對著沈洛年飛來，似乎想把他撞回去。

「小芷別來。」沈洛年身子倏然一扭，讓山芷撲了個空，一面說：「我現在碰不得。」

「吼？」山芷沒想到沈洛年能讓自己撲空，這倒讓她吃了一驚。

沈洛年現在全身體表瀰漫道息，可眞是碰不得，他對正和應龍周旋的三小說：「妳們退開。」

這人來找死嗎？羽霽只差沒手可以鼓掌，當然不會阻止，馬上展翅讓開。

燚丹早就覺得沈洛年有點古怪，自然也睜大眼睛在一旁看戲，只有山芷似乎有點焦急，又怪吼了兩聲，跟著開口說：「洛……年？」

過了兩個月，她似乎還是只會說這兩個字，沈洛年不禁有點好笑，看了山芷一眼，對她笑了笑，這才突然加速向著那巨大應龍飛去。

巨大應龍並非實物，是這周圍巨大妖炁化精後，用沙所製造出的產物，而這精體，只算是原主人的分身，存活的唯一目的就是千萬年留在這兒守候，所以其實反應和一般人類、妖仙都不大一樣，三小不管怎麼繞，他也不會失去耐性，就這麼慢慢地攻擊，和三小耗著。

此時沈洛年接近，對他來說就是多了另外一個敵人而已，巨龍當下一扭頭，對著沈洛年咬來。

沈洛年雖然本就打算和對方硬碰硬，但看到那張巨大的龍嘴，仍不禁有點膽怯，他皺眉一閃，倏然往上飄飛，當巨龍仰首追咬的時候，他迅速地在空中閃動起來，一面讓對方抓不到他的方位，一面往巨龍後背飄去。

果然體型巨大之後，速度就會變慢，沈洛年輕鬆地閃過巨龍的追擊，落到對方的兩翅之間，這一接觸，巨龍背後妖炁立即化入道息之中，馬上往下化沙消融。

巨龍一驚，一個扭身翻轉，想甩下沈洛年，但這樣的旋身，卻無法帶動沈洛年的身軀，隨著巨龍的旋轉，他的軀體就這麼從上而下，被沈洛年雙足切出了一條大缺口，連左翅都破開一個大洞，彷彿被什麼東西融化了一般。

看樣子沒有問題，沈洛年安心了些，飄到巨龍的正面。

巨龍可是十分吃驚，他顧不得身後的損失，一看到沈洛年，馬上舉起巨大的右爪對沈洛年直揮。

沈洛年雖然有了信心，但看這巨物轟來還感到三分恐怖，他深吸了一口氣，就這麼直接伸出左手，準備迎接對方的攻擊。

兩方大小實在相差太大，沈洛年的手臂還沒有巨龍的一隻利爪寬，何況沈洛年一點妖炁都沒有？山芷看到這種狀態，忍不住一聲怪吼往前直衝，卻見巨爪接觸沈洛年的瞬間，沈洛年手掌似乎冒出了什麼看不到的東西，在那一瞬間，巨龍的右爪倏然破了一個大洞，沙粒亂飛，緊接著沈洛年隨手一轉，那隻巨爪就這麼散化消失，化為粉塵。

「小芷回來！」懷眞跟著叫：「別過去。」

山芷一怔，半空中一繞，往回飛旋。

巨龍突然少了一爪，身子一歪往下跌，沈洛年看著他身子壓下，倒也不在乎，道息瀰漫體外，保持著可以消融妖炁的濃度……他一面在心中暗想，如果以剛剛和懷眞估計的量值來說，這差不多是——三百？不，差不多兩百五；不知道能不能再少一點？不過這種時候不適合測試……

巨龍這一壓，當下肚子也破了一個大洞，這下已經無法作戰，巨龍身體一散，再度化爲沙塵散成一片。

「怎麼回事？怎麼回事？」啖丹又驚又喜地哇哇叫，一面說：「我有感覺到怪怪的味道！就是那個味道！」

「吼！」山芷也跟著蹦跳亂叫，也不知道是驚訝還是開心。

最吃驚的應該就是羽霽，她瞪大雙眼詫異地看著沈洛年，又看看懷眞，張大嘴說不出話來。

剛剛那幾下吸收的妖炁還不算多，這兒的精體應該還能夠凝聚出巨龍，沈洛年站在場中等待著，怎料過了許久，一直沒有巨龍出現，沈洛年有些愕然，回頭看了看懷眞，不知接下來該怎辦。

懷眞卻也有點意外，按道理來說，這兒的精體該不會這麼容易認輸才是，剛剛耗去的妖炁不多，這附近的妖炁還濃烈得很，應該還要出現幾次巨龍才是，不過如果對方堅持不出現，就讓沈洛年慢慢把這周圍的妖炁吸收掉就好了，之後應該就可以控制這兒的精體。

兩人正在思索，突然山芷怪叫一聲，沈洛年回過神，感應到異狀，馬上往西北角望去，卻見那兒妖炁凝聚著沙粒，出現了一個小型的身影。

「變小了？」沈洛年倒不在意，不管變成什麼形狀，碰到自己都會自然散化……不過看樣子懷眞說得有道理，遇到強敵的時候，有時候變大還不如變小，否則這妖的精體也不會在巨龍無效之後選擇以小體積來應戰。

漸漸地，一個清晰的形貌出現，沈洛年仔細一看，不禁有點訝異，那竟然是個高瘦白髮老者的相貌，沈洛年本以爲會出現個小型的巨翅龍，沒想到居然冒出了個人。

「是人形，小心！」懷眞遠遠地叫了一聲，一面縱身往這兒奔。

小心什麼？沈洛年還沒想清楚，卻見那老者一個彎腰，從寶物堆中拿起兩把紅色短棍，閃身間，揮棍對著自己撲來。

啊呀……忘了人形可以拿武器！沈洛年不怕妖炁凝結的軀體，但棍子敲來可受不了，當下沈洛年連忙能力啓動，點地急閃，繞著對方兜圈子，一面拔出了金犀匕。

懷眞既然衝了上來，三小自然也衝上，懷眞一面叫：「小心他的武器！」

沈洛年彷彿一道輕煙般到處亂竄，但老者速度也是極快，還好沈洛年轉折速度仍是天下無雙，對方就算比他快，一下子也逮不到他。

而老者近攻不行，當即遠打，只見他兩條短棍揮舞間，妖炁更是彷彿兩條毒龍一般往外揮灑，直纏沈洛年。

還好妖炁不論遠攻近打都對他無效，沈洛年視若無睹地穿過凝結的妖炁，繼續飄飛，倒是讓山芷和錟丹嚇了一跳。

緊接著懷眞趕到，對著老者身後便抓，老者旋身間短棍急砸，棍還沒到，一股妖炁已經逼出，懷眞可不是沈洛年，這下迫得她往後飛退，閃出老遠，畢竟現在不能使用道術，單論近身攻擊，懷眞連三小都不如，當然不是這兒精體的對手。

這時山芷狂吼一聲，扭頭間，倏然變回了原來的白虎頭，她巨口一張，爪牙齊施，從側面尋隙撲上。

羽霽見狀跟著變形，那細長的龍頭也跟著變回原來的鶴首，繞向老者的後方飛啄，兩小用龍頭雖然也能攻擊，畢竟不習慣，眼看強敵當前，都變回了原來的模樣。

山芷和羽霽，都習慣繞走尋隙攻擊，但錟丹卻是不愛拐彎的個性，縱然知道對方比自己強大，她仍四足齊飛，對著老者正面撞去。

那股妖炁凝成這副模樣，速度果然比巨龍模式快上許多，老者右手一棍揮向錟丹，左棍則敲擊羽霽的長喙，同時一個翻身，閃開山芷的撲擊。

羽霽感覺到對方的強大妖炁，不敢硬頂，半空中雙翅妖炁一振，扭身避開；但燄丹可不管這麼多，熾焰般的妖炁凝聚在蹄上，對著那棍撞去，兩方一迸，轟地一聲一股妖炁炸開，燄丹怪叫一聲，被打翻了半圈，往外飛摔滾到地上。

此時撲空的山芷剛好落地，她馬上扭身回撲，卻見對方的左棍已經轉了過來，山芷才剛看到燄丹的模樣，此時不敢正面衝突，扭身間展翅而起，在空中盤旋。

燄丹畢竟是銅筋鐵骨的麟犽仙獸後裔，雖然吃了點虧，卻沒這麼容易受傷，她翻身站起，渾身熾焰暴漲，張開口一連串炁彈往老者直衝，同時身子踏地直撲，再度衝去。

而正飛騰旋繞的山芷與羽霽，兩人配合著燄丹，一左一右地飛身下撲，對著老者攻擊。

老者本非實物，更不懂得畏懼，一面以棍破炁，一面身子騰動飛繞，和三小周旋。眼前的情況很清楚，這假人拿了武器之後，一對一的話誰也不是對手，三小合作則還有一線機會，而此時三小已經學了教訓，不敢貿然讓那棍子揮上，但雖仗著人多打個不上不下，三小卻都覺得頗有些不順暢的感覺。

剛剛應付巨龍，合作起來感覺舒服多了，現在對方變成人體，體積不到三小原形的一半，想圍毆卻變得有些困難，對方只要隨便一閃，大夥兒就得自己擠成一團。

若能三人同時攻擊，對方再怎麼說也只有兩支棍子，擋不住第三面，但此時就是很難聯手，三小和那老者衝來撲去，一時僵持不下。

這時沈洛年已經衝出戰團，雖然還是保持著輕身的狀態，卻已經解除了時間能力，否則一會兒腦袋可會受不了，他目光轉向飛退老遠的懷眞，低聲說：「沒事吧？」

「沒事。」懷眞看著那端說：「那武器似乎快成精了。」

「成精？好武器嗎？」沈洛年問。

「雖然比不上金犀，但也不錯。」懷眞說：「萬一壞了有點可惜……」

「能打壞嗎？」沈洛年看著那兒的戰況，不是很樂觀。

「先不提這個。」懷眞低聲說：「你剛也太糊塗了，看到有妖炁匯聚，幹嘛等他凝聚好？一感覺到就去破壞掉啊。」

對喔？剛剛太有自信了……沈洛年抓抓頭說：「我沒想到，妳怎不提醒我？」

懷眞卻不回答，吐吐舌頭把目光轉開，看樣子她也忘了，沈洛年忍不住瞪了一眼說：「還怪我？」

「好啦，金犀匕先借我。」懷眞伸手。

沈洛年一愣，遞了過去，懷眞接過笑說：「我不跟她們搶武器，是因爲要用的話，拿這支就好了。」

沈洛年不禁好笑，搖頭說：「難怪咒誓蓋不掉，這樣眞算送我嗎？」

「我只是借的耶……」懷眞想了想，點頭說：「不過也有道理，看樣子以後我還是自己找支武器好了，還不知道得用人形過多少年，得找個趁手的用，也得開始練習人形的戰鬥方式。」

「妳就用這個，另外隨便找支武器給我就好啦。」沈洛年哼哼說：「我又拔不出鞘，拿著也沒用。」

懷眞不理沈洛年的抱怨，拿著金犀匕，往前一彈，對著戰團飄去。

懷眞雖然妖炁不足，速度卻不慢，一瞬間已經接近戰團，她輕叱說：「我來！退。」

三小微微一怔，雖然不明白元氣大傷、妖炁不足、又不能施術的懷眞要怎麼對付這老者，但她們畢竟都挺尊重懷眞，當下往三面散開，在外圍戒備。

那老者反應比巨龍狀態快多了，一見三小散開，兩條紅色短棍馬上就轉劈衝來的懷眞，同時兩股妖炁匯聚外射，先一步對著懷眞衝去。

就在這一瞬間，懷眞妖炁灌入脖子上的黃絨墜項鍊，一道黃色柔光泛出，她身子速度陡然又提升數成，與此同時，懷眞將一股強大妖炁灌入金犀匕中，只見她一揮手，一道耀目金光突然從她掌中炸開，只不過一瞬間的工夫，衝來的妖炁消散，兩支短棍斷成四截，那老者也被從正中央切成兩段，化散成妖炁消失。

眾人一愣之間，卻見懷眞掌中的金光已經消失，金犀七已恢復原狀，她飄回沈洛年身邊，把金犀七塞回沈洛年的腰間皮套，一面指著西角推了他一把說：「快！那邊！」

沈洛年沒想到金犀七當眞出鞘竟有這番威勢，正張大口發愣，眼看懷眞回來，正想抗議懷眞動作太快，害自己連刃身都看不清楚的時候，卻被懷眞推了這一下。

沈洛年目光一轉，才突然醒悟，連忙往那兒掠去，卻是懷眞剛剛那一擊雖看來威猛，卻消不掉敵人多少妖炁，那端沙粒又再度開始凝結，沈洛年不等對方妖炁成形，趕上後手掌探入，當下將妖炁不斷往自己體內吸入，融入道息之中。

這世間從沒出現過沈洛年這種人，這精體自然也不知道該怎麼應付這種狀況，他不斷地凝聚妖炁，但妖炁卻不知爲何無端端地一直消失，而且消散的速度遠大於凝聚的速度，如果今天這龍庫的主人在場，也許會察覺不對，不再徒勞無功地凝聚妖炁，但這兒的精體，被賦予的使命就是利用凝結的妖炁驅趕、擊殺來犯的敵人，在找不到其他處置辦法的情況下，只好這麼一直凝聚，讓沈洛年消散掉。

又過了片刻，周圍的光芒漸漸黯淡，本來圍繞在周圍的濃重妖炁緩緩消失，連那些藉由妖炁凝聚的金銀珠寶，也都散化成原來的沙粒，殘餘的妖炁雖仍不住地凝聚，卻速度越來越慢，逐漸地無能爲力。

「洛年，夠了。」懷眞不敢走近，遠遠叫：「再下去會影響到建築體。」

「嗯。」沈洛年一收手，只見那妖炁雖似乎仍在嘗試著凝聚，但稍一聚集就自動散開，已經不足以成形。

「尋寶囉！」懷眞嘻嘻一笑，帶著三小往西北角衝，而三小雖然跟著跑，看著沈洛年的表情不免有些驚疑，不過她們畢竟是小孩心性，看到一堆有趣的東西，注意力馬上隨之轉移，忍不住隨著懷眞在其中翻找。

片刻後，懷眞搜刮已畢，把幾樣東西塞入了那大布包中，控制了這龍庫的精體開啓門戶，五人往外掠出。

這次探險並沒花上太久的時間，此時外面依然是艷陽高照，懷眞在草地上攤開布包說：「好啦，小鬼們通通過來！」

三小歪著頭擠近，看著那大布包內的東西，裡面放著兩把長度、弧度、造型都不同的刀；一柄無鞘闊刃短劍、兩支窄刺劍；一把彷彿玩具般的古怪弓箭；一支近兩公尺高、一端削尖的黑色長棍；還有那兩支被金犀匕截斷的短棍。除了這些以外，裡面還有一些大小不等、薄片寶石般的東西，沈洛年一直不知道那是什麼，也沒問過懷眞。

懷眞對眾人說：「妳們也差不多該選武器了。」

三小卻似乎對武器興趣缺缺，彼此看了看，三小中，年紀最大的맨丹開口說：「懷眞姊姊。」

「怎麼啦？」懷眞笑說。

맨丹看了沈洛年一眼，試探地說：「洛年眞的是人嗎？還是妖仙？」

「是人啊。」懷眞抿嘴一笑說：「他很奇怪對吧？」

聽到這句話，三小一起點頭，都以好奇的眼神看著沈洛年。

沈洛年雖然也覺得好笑，倒不想吭聲，讓懷眞自己去應付。

「洛年有些地方很強，有些地方很弱，但是我不能跟妳們說清楚。」懷眞瞄了羽霽一眼說：「免得有人打歪主意。」

「嗶、嗶嗶。」羽霽彷彿作賊被逮到一般，悶叫了兩聲。

「我就跟妳們說實話吧。」懷眞笑說：「其實每次龍庫的門戶都是洛年打開的喔，我只是做做樣子。」

三小又吃一驚，一個個眼睛瞪得老大，只聽懷眞接著說：「否則我現在妖炁還沒妳們強，妳們合力都打不開，我怎麼開得了門？」

「嗶？比鼻畢！」羽霽望著沈洛年，叫了幾聲，看樣子似乎有點懷疑。

「小霽不相信。」懷眞回頭笑說：「要你和她打看看。」

沈洛年白了羽霽一眼，沒好氣地說：「不信拉倒。」

羽霽拍拍翅膀，蹦跳了兩下，歪著頭看著沈洛年片刻，一扭頭，仍是那副看不起的模樣。

「小霽，難道妳不怕洛年的武器嗎？」懷眞抿嘴笑說。

羽霽一愣，想起剛剛那武器的威勢，眼睛露出了懼怕的神色，不過她的道行似乎還看不出吉光皮套，她上下看著沈洛年，卻找不到那嚇人的武器。

「好了、好了……洛年雖然不算普通人，但其實不適合打架。」懷眞打圓場說：「妳們還是要幫姊姊保護洛年喔。」

山芷輕吼了一聲，對著沈洛年踏了兩步，又縮回一步，似乎有點害怕。

沈洛年倒不討厭這隻年紀還小的大塊頭，笑說：「現在沒事了。」

山芷一喜，奔過來立撲沈洛年胸口，用頭對著沈洛年臉龐磨蹭。

若非沈洛年也算是變體者，擁有比一般人強大許多的體魄，這一下就會被壓到地上去，沈洛年好笑地抓抓山芷的脖子說：「妳很重耶，小芷。」

「吼……」山芷低吼著，似乎很開心。

「妳這窮奇小鬼又搶姊姊的位置。」懷眞悶哼一聲說：「沒問題了吧？都過來看武器！妳們該選一支了。」

「沒有好武器！」啖丹嚷：「洛年那種！」

「嗶、比比！嗶比比！」羽霽跟著嚷。

「洛年的武器是特別的，很難找到第二把。」懷眞說：「這些也都是好武器啊，剛剛那妖炁化成的人形，一拿起武器不就變很強？妳們誰都打不過。」

山芷放開沈洛年，回頭輕吼了一聲，迷惑地推了推那兩根斷掉的短棍。

「斷口很漂亮，可以修好。」懷眞把斷掉的地方對準，沒過幾秒，那斷面兩端，居然冒出彷彿藤蔓又類似血管般的東西，把兩邊銜接起來。

「這是活的啊？」沈洛年插嘴：「也是某種精嗎？」

「這是妖化武器，只有妖體沒有意識。」懷眞搖搖頭說：「這兩支棍子，可以把妖炁集中發射，近打遠攻都十分方便，很適合不擅於道術的人喔，小芷要嗎？」

山芷歪著頭看看，低吼著撥弄短棍兩下，似乎興趣缺缺。

懷眞見三小誰也不說話，她忍不住好笑說：「妳們別看不起這種武器，已經很少見了。」

沈洛年見狀說：「其他的呢？」

「這棍也是這兒找到的。」懷眞拿起那把一端尖銳的黑棍說：「這似乎是黑木精所化的傢伙，整體堅固又具韌性，就算不以妖炁保護，也很難受損……應該適合小丹。」

啖丹低頭聞了聞那黑色長棍，前蹄踢了踢土，也一副不怎麼滿意的樣子。

「至於小霽……」懷眞拿起一把窄刺劍說：「妳動作輕快，這支很適合，這劍也是妖化武器，本身妖炁高度凝結在尖端，刺擊時破壞力很大，妳可以把更多妖炁用在道術上。」

「嗶？」羽霽指指另外一支窄刺劍，狐疑地發問。

「這支啊？」懷眞拿起另一支造型簡樸的窄刺劍，隨手一抖，只見這窄刺劍彷彿蛇一般地古怪扭曲，懷眞一面說：「這是銀鍊精所化成的軟劍，想用得好不容易，想用這種嗎？」

羽霽卻搖頭嚷：「嗶！嗶嗶比。」

「也不喜歡？」懷眞似乎有點意外，看了看羽霽說：「那等我把其他的都說完吧？」

「嗶。」羽霽點了點頭。

「這支闊刃短劍，比較特殊……」懷眞歪著頭說：「好像有種奇怪的氣味，應該是某種祭儀使用的武器，一時看不出有什麼特別的好處，不要用比較好。」

「不要用？那幹嘛把這支也偷出來？」沈洛年插口問。

「看起來也像寶物啊。」懷眞理直氣壯地說：「留著用來蓋兇。」

原來剩下的垃圾是準備送自己的？沈洛年忍不住笑了出來。

「至於這把彎刀和長柄刀，也是妖化武器，鋒刃上集中著妖炁，但是稍微沉了些，如果小芷或小丹想用這種也可以。」懷眞說到這兒，望著那把怪弓說：「這東西妳們的妖炁不適合，不提了。」

猋丹想了想，突然說：「懷眞姊姊，我們還不能變人啊，爲什麼要這麼早選？」

「差不多可以了吧？」懷眞笑說：「練了兩個月，應該已經漸漸感覺到道息了吧？」

「道息？」猋丹迷惑地問。

「就是渾沌原息。」懷眞說：「人類都說道息，我跟著說久了，也習慣了。」

山芷突然吼了幾聲，羽霽轉過頭，對著她嗶個不停，兩人不知爲什麼爭執著。

懷眞對沈洛年低聲笑說：「小霽想變，小芷卻沒興趣，又吵起來了。」

「那怎辦？不讓她變？」沈洛年問。

懷眞先搖搖頭，跟著對那兒微笑說：「小芷，以後我和洛年回人類世界，妳不變人，可不能跟去喔。」

山芷一愣，歪頭片刻，這才吼了一聲，似乎是同意了。

這下輪到羽霽生氣了，嗶嗶叫個不停，沈洛年不用問也知道，這下輪她不想變了。

「妳不變也可以啊。」懷眞笑說：「那小芷去找洛年的時候，妳可不能跟去。」

「嗶？比比嗶嗶比比！」羽霽怒沖沖地蹦了起來，一連串嚷。

「妳敢對人類城市亂噴火，不怕被祖奶奶揍？」懷眞笑說。

羽霽一聽這話，頭縮了縮，氣焰消了五分，但似乎還是很不甘願。

「變人很好啊，會變強耶。」燄丹倒有點迷惑：「爲什麼不想變？」

「對啊。」懷眞笑說：「不然小霽變猩猩好了，也可以拿武器，但是不會說人話。」

「嗶！」羽霽委屈地叫。

「好啦，姊姊開玩笑的啦……嘜，妳們這些小鬼眞麻煩，等變了人再選武器好了。」懷眞把武器又一把包了起來，而那根黑棍長了一些，沒法全包，只好露一截在外面。

懷眞把這大包推給沈洛年時，沈洛年一面揹起布包，一面有點意外地說：「我們要回人類世界？」

「不想嗎？那兒不是最安全嗎？」懷眞笑說。

「妳不是……」

「別找那些白宗小朋友就好啦。」懷眞說：「其他人類，你沒這麼在意吧？」

原來打這種主意，沈洛年沒好氣地說：「這倒不一定，萬一我喜歡上別的女人呢？」

「哈！」懷眞賊笑說：「你果然喜歡瑋珊，還一直不承認！」

沈洛年臉一紅，哼聲說：「我喜歡的人可多了！」

「我第一次見到你這種，把喜歡的女人推給別人的男人耶。」懷眞湊近說：「你是哪兒不對勁啊？」

「關妳屁事！」拜那見鬼的鳳靈所賜，葉瑋珊對賴一心的愛戀之心，自己看得一清二楚，否則又何必放棄？沈洛年想到就悶，推開懷眞，不想再提此事。

「又惱羞成怒。」懷眞吐吐舌頭，回頭對著聽不懂的三小一笑，又摸摸燄丹腦袋，這才回頭說：「她們媽媽只有千多年的道行，就快能來了，這些小保鑣可都會被帶回去管教，我們倆得先找個安全的地方住才行。」

原來是這樣……沈洛年看著三小都露出膽怯的模樣，倒也覺得好笑，看來她們家裡應該都挺嚴格的。

懷眞又對三小說：「變人可不像變龍頭一樣容易，得找人融合精元……這附近雖然也有些活人……但我們還是先回噩盡島吧，比較安全。」

從這北歐極西之地，要去噩盡島，倒不用再經過歐洲、亞洲了，懷眞腦海中似乎有著全球地圖一般，對著北面一指，於是山芷馱著沈洛年，燄丹載著懷眞，這一人四妖就這樣飛過北極海、白令海，經過了一段時間之後，再度來到太平洋。

當噩盡島出現在眼前的時候，沈洛年和懷眞都有點詫異，這陸地雖還稱不上大陸，但似乎已經不適合用島嶼來形容了……總之一大片綠色陸地在這熱帶地區狹長展開，到處都是帶著妖炁的植物，看這規模，原來在噩盡島西面的馬紹爾群島等太平洋上大小島嶼，應該都被不斷擴張的息壤給圍住了。

懷眞心血來潮，想起息壤的事情，便讓三小繞著噩盡島北緣往西飛，想挖點回來製造寶鏡，但隨著越飛越遠，卻見西面那端，已經拉長成一片片裙襬往外延伸，原來的扇形變得有點像隨意扔置在地面的長拖把，末端變得十分凌亂。

「慢！停下。」懷眞突然要三小停在空中。

三小停住之後，轉頭望著懷眞，卻見懷眞遙望著西方，詫異地說：「那兒是怎麼回事？」

沈洛年沒法感應到這麼遠處，只說：「還在擴張嗎？」

「不。」懷眞搖了搖頭，頓了頓，自語說：「這些妖族知道怎麼利用息壤嗎？」

「說得不清不楚的，到底怎麼了？」沈洛年問。

「大部分息壤……似乎都變質成排斥了。」懷眞沉吟著說：「不過有好幾個地方，卻似乎還有沒爆炸變質的。」

「那兒的道息量很少嗎？」沈洛年問。

「不是，可能有妖仙……用類似你那種做法，把大片息壤束縛住，然後住在上面。」懷眞轉頭說：「不過他們沒法加強效果。」

哪種做法？沈洛年微微一愣才想通，詫異地說：「找東西包起來嗎？那要包多大片？怎能辦得到？」

「大群妖族合作的話，不會太難。」懷眞扼腕說：「難怪這幾個月，都沒感受到這些傢伙的妖炁，原來都搬到這兒來了……其他的也罷，敖家在北海經營這麼久，居然也搬來了？」

「那麼還要挖嗎？」沈洛年說。

「這樣……已經挖不到了，走吧。」懷眞拍拍燄丹的腦袋說：「小丹往東邊飛，先找到人群再說。」

眞要去了嗎？沈洛年有點期待，又有點感傷，卻不知道會不會碰上他們？

ISLAND
光屁股成何體統？

當初也不知道是因爲風向還是地球自轉的關係，除了剛開始的大量爆塵之外，之後爆起的息壤紛紛飄往西面落下攤開，也因爲最東端本是原來噩盡島的位置，聚集了一開始的大量息壤土，因此地勢最高、排拒道息的能力也最強，也就是最適合人類定居的地方。

如今東面那扇柄之處，已成爲高原地形，而且因爲排拒道息，當日大爆炸之後，帶著妖炁的植物也少在這兒出現，雖然最近慢慢開始覆蓋了一片青草、蕨類等生物，但其他的動植物還是不怎麼容易找到，和西面的熱鬧大不相同。

這樣的地區，大概有近百公里方圓，隨著地勢慢慢下降，山脈分立，道息濃度漸增，一種被人類稱爲「妖藤」——帶著淡淡妖炁的粗藤植物，在邊緣糾結蔓延，也許因爲少了其他植物的競爭，這種植物繞著這片山地外圍生長，高低起伏、錯綜盤結，架起了一大片十餘公尺高的妖藤叢林，就這麼在山腳處長成一條數公里寬的寬帶，彷彿一大片天然的屏障。

在妖藤叢林的西北邊界處，有一條從東面高原區流下的河流，將妖藤和東面一片突然降下的土地分開，這河流隨著地勢往北轉，在高原區和妖藤區的北端交界處出海，形成一個適合船隻停泊的河口港區，河東又恰好有一塊約兩公里寬、半公里深的小平台，於是一開始從檀香山遷移過來的數萬人，就在這個地方上岸，建立了第一座港口村落。

但人總不能只靠著吃魚過日子，隨著從檀香山遷來的人越來越多，有些人開始順著地勢往東面山區攀爬，選擇山中平坦之處開墾種植或居住，還好息壤死亡之後，除了會排斥道息之外，和一般土壤差異不大，大部分植物似乎都能適應。

不過耕作雖重要，卻是緩不濟急，有人嘗試著砍伐「妖藤」研究，卻意外發現妖藤不只內裡柔軟營養，適合食用，堅韌的表皮經過處理之後，無論是建造房屋或製作衣服，都是很好用的素材，也因爲這種植物的存在，人類最基本的食衣住行總算能勉強獲得滿足。

沈洛年和那四個大小妖怪，就在東北面高原區一條山瀑旁，找了個不高不低也不易攀緣的斷崖平台住下。

沈洛年學著山下人們，用截成一片片後曬乾的妖藤片，架了個有點簡陋的小屋居住，這兒約有千餘公尺高，不只山下正逐漸擴張發展的大小聚落一覽無遺，更能遠眺西面大地和北方汪洋，除不時有傾盆大雨外，在這兒觀山看海，望著活動中的人們，倒是十分舒適。

雖然說這是五人的居所，但當眞住在這兒的，主要是沈洛年和懷眞，這兒畢竟道息不足，三小雖然受得了，卻也不願久待，大部分時間都在島外到處亂飛，而這兒人跡罕至、鳥獸絕跡，更沒有妖怪有興趣接近，沈洛年和懷眞住在這兒，確實是個安全的居所。

這麼過了一個月左右，一日天還沒亮，蜷縮在沈洛年身側入眠的懷眞，突然睜開眼睛，抬起頭，輕輕地往屋外邁步。

她掩上房門，往下方看著，卻見三條身影快速地往空中衝起向著這兒飛，底下還在一片黑影中的港口村落，卻傳出一陣騷動，有間房子似乎破了一個大洞，有人正奔出簡陋的房屋外呼喊狂叫，周圍的人們紛紛被吵醒，一個個奔出門外詢問張望，亂成一團。

懷眞見狀微微皺眉，自語說：「這些小鬼老是鬧得天翻地覆。」

她剛唸完，三小飛上崖巔飄落，羽霽爪下還抓著一個昏迷的東方女子，她一面將女子輕扔到地面，一面「嗶嗶」地叫。

「小聲點，洛年還在睡。」懷眞走近看看那個趴在地上的黑髮女子說：「黃種人？」

「嗶。」羽霽看著懷眞，歪著頭叫，似乎挺高興。

「想跟我選一樣的啊？好啊。」懷眞微笑說：「就妳一個挑這麼久，我看看合不合適。」

懷眞手放在女子小腹，正探出妖炁，身後屋門打開，沈洛年一面伸懶腰一面往外走說：

「怎麼……喔，小霽選好了？」

「嗶，嗶！」羽霽瞪了沈洛年一眼。

山芷低吼了一聲，奔了過去，繞著沈洛年磨。

「小芷早。」沈洛年摸了摸山芷的頭，突然說：「變人以後不可以這樣喔。」

「吼？」山芷似乎吃了一驚，詫異地看著沈洛年。

「別理洛年。」懷眞剛好站起身，對山芷笑說：「他只是嘴巴愛唸，只要撲上去，還是一樣會抱妳的，但不可以跟姊姊搶。」

「喂！妳怎麼這樣教？」沈洛年不禁瞪眼。

「這邊又沒外人。」懷眞嘻嘻笑說。

「這兒是無所謂。」沈洛年嘆口氣說：「但她不大懂事，萬一下山……養成習慣總不好。」

「放心啦。」懷眞說：「小芷變身以後，頂多像個小女孩，抱著沒什麼不妥的。」

「是這樣嗎？」沈洛年意外地說：「我以爲會跟妳一樣呢。」

「因爲是精元融合，不只是外型變化，還會變出相對應的體態。」懷眞說：「她們在自己的妖族中還都是小鬼，變人之後當然也是小鬼，畢方和窮奇都至少兩、三百歲以後才會漸漸像個少女，五百歲以後才會成熟……」

原來會隨歲數改變？沈洛年一怔，看著懷眞說：「那妳不就應該……這個……」

「你想說什麼？閉嘴！」懷眞瞪眼說：「成熟以後就固定了啦！」

一旁羽霽見兩人聊了起來，忍不住跳著嗶嗶連叫，懷眞一笑回頭說：「可以啦小霽，這女人很健康，時機也適合。」

「嗶！」羽霽蹦跳著，似乎很高興。

「那就開始吧，趁天沒亮送人家回去。」懷眞當下鬆開女子的褲腰，伸手往內探去。

沈洛年不好多看，轉頭逗弄著山芷。

懷眞第一次做的時候，沈洛年在旁可眞是吃了一驚，後來才知道，懷眞讓三小自己選擇喜歡的成年女子，並將之擄掠而來，之後趁女子昏迷，從女子下體取出所謂「精元凝聚」的東西，讓三小以妖炁融合吸化，據說將那東西與身體結合後，就可以很恰當地變形。

沈洛年其實暗暗懷疑，懷眞取的可能是女性卵子，不過這一來不方便問，二來懷眞未必搞得清楚那東西的現代名詞，還不如隨她去，反正取妥之後，她們就會把女子送回隱蔽處，等女子清醒，自會無恙回家，據說還會送她一場美夢云云。

等三小把女子送下山，再度回返，沈洛年和懷眞也不睡了，兩人在屋外迎接。

「好啦，最囉唆的小霽也選好了，妳們該準備變身了。」懷眞對著三小說：「因爲體積有差異，和龍頭不一樣，變人可是有點辛苦的喔……所以沒事別變來變去，除非遇到意外，否則就固定在人形狀態，習慣這種身軀，才能慢慢發揮出威力。」

三小對望了望，鍅丹開口說：「懷眞姊姊，我們怎樣才會有足夠的妖炁轉變啊？」

「妳們都已經隱隱能感受到道息了吧？」懷眞說。

「一點點。」鍅丹點了點頭，但目光卻不禁瞄了沈洛年一眼，三小中她年紀最大，感受力也最強，早就覺得沈洛年不大對勁，這陣子針對道息修煉，更是敏感，但問了幾次懷眞都打馬虎眼混過去，她也沒法追問。

「比比嗶？」羽霽突然嚷了一串，似乎在問問題。

「因爲妳們妖炁還不足以凝聚大量道息，所以長輩還沒教妳們這些。」懷眞回答：「等長大之後，凝聚的妖炁多了，就要學會用道息修煉轉化爲精純的妖炁，一方面可以提升妖炁的質量；二來身軀也會逐漸仙化。」

「那既然現在妖炁不足，怎能變身？」鍅丹又問。

「這個我會幫妳們想辦法。」懷眞笑說：「但是這辦法很費工夫，又會痛，所以妳們可別變來變去。」

三小也不是第一次聽到懷眞這麼說，只好點了點頭。

「好了，凝聚道息吧。」懷眞說：「照我之前跟妳們說的方式做。」

三小見狀，分別閉目伏下，藉著散出的妖炁凝聚道息在自己腦門前方，照懷眞教的方式，緩緩吐息吸納，並將道息凝入體內轉化，不過因為凝聚的道息仍嫌鬆散，對三小來說這樣一點效果也沒有。

過了片刻，懷眞眼看差不多，對沈洛年打了個眼色。

沈洛年會意地點了點頭，緩緩凝出一小股不太濃稠的凝結道息，送給懷眞，懷眞湧出妖炁，以道術托送到燄丹之前。

燄丹突然感覺到一股凝煉濃重的道息在自己控制範圍內湧現，不由得吃了一驚，連忙用盡全力包裹住，跟著一絲絲地納入體內轉化為妖炁，開始變形。

沈洛年和懷眞一個個送了道息過去，讓三小緩緩轉化，之後就沒有兩人的事情了，沈洛年望了懷眞一眼，坐在不遠處一塊硬化的土石上等候。

「不知道她們會選哪些武器？」懷眞蹦到沈洛年腿上坐著，依偎著沈洛年胸膛，開心地說：「剩下的我們再來蓋咒一次，說不定這次能解掉喔。」

「好啊。」沈洛年手輕輕環抱著懷眞的腰，若有所思地看著她秀美的臉龐。

「怎麼了？」懷眞倒是不常看到沈洛年這種表情，有點訝異地問。

「沒什麼，別人要是看到我們的模樣，一定很羨慕。」沈洛年說。

「因為我很美嗎？」懷眞嘻嘻笑了起來，得意地說：「你又不敢讓人看。」

沈洛年不多提此事，伸手幫懷眞抓著後背說：「對啦，我問妳。」

「什麼？」懷眞挺直了背，舒服地嗯了一聲。

「那包包裡面一堆寶石薄片一樣的東西是幹嘛的？」沈洛年說。

「那是各種不同的精體。」懷眞眨眨眼說：「但是效果我也不清楚，如果知道的話，就可以凝化做成類似這種東西喔。」懷眞指指身上的戒指和項鍊說。

「不知道妳也偷？」沈洛年好笑地說。

「只要是寶物就能幫忙蓋咒啊。」懷眞開心地說：「要是還不夠，我們再去找地方偷。」

「一直偷東西不好吧？」沈洛年皺眉說：「萬一人家很珍惜這些東西呢？」

「不管啦，性命重要。」懷眞撇嘴說：「大不了以後拿去還。」

「嗯……也好。」沈洛年點點頭說：「我不喜歡欠別人東西。」

「可是你有這種想法的話，很難蓋咒耶。」懷眞瞪眼說：「要當成這些眞的是送你的。」

「呃……」沈洛年翻了翻白眼，不知該如何回答懷眞。

「差不多了。」懷眞從沈洛年懷中蹦起，低聲說：「再給她們一點。」

「嗯。」沈洛年照著剛剛的動作，凝出小股小股的道息，由懷眞轉給三小，畢竟三小能力不夠，不能像懷眞一樣一次吸入大量，只能一點點運用。

隨著時間過去，伏著的三小身軀逐漸縮小，手腳頭臉逐漸變化成形，不過羽毛、毛皮還未褪去，果然如懷眞所說，山芷和羽霽變化出的都是小小的身軀，雖然還沒完全成形，但看來是不到十歲的女孩，確實還是小鬼。

至於錟丹就大一點了，大概是十二、三歲那種模樣，孩子體態未退，而開始帶點少女體型。

三小選擇的女性樣本都不相同，除了羽霽選擇東方黑髮女子外，錟丹選的女子膚色偏黑，是夏威夷混血人種，山芷當時抓來的則是個有點年紀的微胖金髮白人，卻不知道完成之後各自會變成什麼模樣。

轉念一想，沈洛年又暗暗慶幸，還好山芷會變成小孩，若變成個中年胖女人整天抱著自己，實在頗讓人抗拒……

沈洛年看了看，突然一驚說：「她們的衣服呢？還沒準備？」

「又不知道變多大多小，當然沒準備。」懷眞說：「反正不穿也沒什麼關係。」

「不行。」沈洛年雖然不怕看這些妖怪裸女，仍說：「這習慣最好先養成，別讓她們學妳光溜溜亂跑。」

「我哪有！我很少光溜溜的，都是被迫的。」懷眞嘟嘴說：「現在也不能去找衣服，要幫她們護法。」

這倒是眞的，還得補充道息……沈洛年無可奈何，只好先罷了。

約莫過了兩個小時，伏著的𤡪丹身軀逐漸轉化，連那身紅色皮毛都褪去了，變成有點偏黑的健康古銅色，一頭黑色波紋狀長髮掩蓋著她的頭臉肩背，只聽她停了片刻，終於出聲說：「哎喲，好累喔！」那原本有點低沉的嗓音，居然變得頗柔美。

完成了？沈洛年和懷眞對看一眼，懷眞奔過去扶起還不大習慣雙足站立的𤡪丹，撥開她頭髮笑說：「很棒啊，成功了。」

「可以了嗎？懷眞姊姊。」𤡪丹臉上輪廓清楚，有雙明亮深邃的鳳目，她詫異地咳了咳說：「聲音……變得怪怪的？」

「人類女孩子聲音是這樣的。」懷眞上下看看說：「接下來就是微調了，頭髮可以短些，妳臉型似乎圓了點，看要不要縮瘦些，如果想要胸部大點的話……」

「喂！」本來別過頭不想看少女裸體的沈洛年，聽到這忍不住叫：「狐狸妳教什麼啊？」

懷眞嘻嘻一笑說：「也對啦，妳還小，等長大不夠再說……欸，你也來看看小丹啊，很美呢。」

沈洛年瞄了一眼又轉開頭說：「妳先幫她找件衣服穿。」

「小丹挺高了，我的衣服還可以套一下。」懷眞進屋拿件上衣給燄丹，一面說：「那兩個小的我可沒辦法。」

「小的就算了。」沈洛年直到燄丹套上掩蓋到大腿的上衣，這才望過去，見她身材修長結實，雖說只有十二、三歲的體態，卻只比懷眞矮一個頭，一張有點兒圓的瓜子臉上輪廓清楚、五官分明，豐潤的嘴唇翹起，一雙靈活的鳳眼正到處亂轉。

「妳還不習慣兩腳走路。」懷眞說：「送出一些妖炁托體，讓身子輕點，方便練習。」

「噢！」燄丹搖搖晃晃地試著踱步，果然十分不穩。

過不多久，山芷和羽霽先後爬起，果然都是八、九歲左右的幼童模樣，兩人剛爬起，彼此一對望，山芷嘻嘻一笑，對著羽霽撲去，也不管光著屁股，就開始打架了。

懷眞看了看，好笑地說：「小芷打不贏了。」

卻是兩人打鬧互推時，力量一迸，本來力氣一向比較大的山芷，居然翻了個跟斗，往後摔在地上。

山芷似乎也覺得很奇怪，抬起頭來四面看了看，又蹦起來對著羽霽撲，但羽霽動作卻十分輕快，山芷幾下都撲不到，還跌了好幾跤，不禁坐在地上張大嘴疑惑地啊了兩聲，不過臉上一樣滿是笑容。

懷眞搖頭說：「這笨小芷，小霽本來只有一隻腿，妳當然打不贏……」卻是本來只有單足的羽霽，很快就適應了雙足的人類體態，只會用四條腿爬的山芷一下子自然不是對手。

「吼啊？」山芷歪著頭張大嘴喊。

「都變人了還不會說話。」懷眞走近，她拍拍山芷身上的灰，扶起她說：「小霽妳也過來，讓我看看妳們變得怎樣。」

黑髮的羽霽當下得意地飄近，臉上帶著一抹笑意。

這兩個雖然也光溜溜，但既然是小孩模樣，沈洛年倒也不怕看，只見這山芷膚色粉白透紅，金色大鬈髮襯著一對藍色眼珠，圓圓的臉上掛著甜美的微笑；而羽霽膚似冷玉、黑髮筆直如瀑，小小的臉蛋上有著精緻的五官，她表情不多，除了嘴角那一抹微笑之外，只睜著一對黑白分明的大眼睛不斷到處瞧，不過望到沈洛年的時候，不免按照往例瞪了他一眼。

兩人相比，羽霽身材嬌小纖細，山芷稍高、也豐潤了一些，兩人頭髮都超過臀部，站在一起，相對而笑，十分惹人疼愛。

媽啦，她們抓來的人哪有這麼可愛？這狐狸傳授的變形術，說不定有些作弊的成分在。

「洛年！」金髮的山芷，一轉頭望見沈洛年正看著自己，又嚷著這口音不怎麼標準的一千零一句，一面搖搖晃晃地對著沈洛年奔，只不過跑到一半又撲通重重摔了個跤，笑咪咪的臉上都是灰，還好這也摔不痛她。

「別到處亂衝。」懷眞搖頭說：「先學走路、放出妖炁托體。」

「吼……嗚……狗……」山芷坐在地上喊，但人類的口腔其實不很適合發出窮奇語，她喊得很不順暢。

「別吼了。」懷眞忍笑說：「妳這小鬼眞難教。」

「起來！」羽霽奔了過去，扯起山芷說：「一起走路。」

山芷爬起，笑著張口啊了半天，才說：「……一……妻走。」沒想到她聲音卻是軟軟嫩嫩的還帶點鼻音。

這還是她第一次從口中吐出「洛年」之外的人語，眾人都吃了一驚，羽霽更是高興，忙說：「妖炁、托著。」

「偷著！」山芷跟著笑說。

「來賽跑！」羽霽又說。

「載跑！」山芷點頭。

當下兩小一前一後，繞著這片山崖跑了起來，燄丹見狀，一面活動著嶄新的身軀，一面說：「懷眞姊姊，我們可以離開這邊了嗎？在這兒身體不舒服，沒有力氣。」

「不舒服！」羽霽聽到也跳了過來。

「不蘇虎！力氣！」山芷跟著嚷。

「不、舒、服啦！」羽霽回頭罵。

「不、屬、斧啦！」山芷擠到沈洛年身後扮鬼臉，跟著跳上沈洛年的背，摟著他脖子。

「先去幫她們找衣服吧？」既然是小鬼模樣，沈洛年也不太介意了，他搖頭說：「這樣光屁股成何體統？」

「嗯。」懷眞進屋提那一包寶物，一面說：「下面這村子東西也不多，我們去檀香山找看看吧。」

「快走快走！」羽霽嚷著，她聲音十分清亮，也可以說高音刺耳，很難忽略。

「走走！」山芷已經繼續往上爬，爬到了沈洛年後腦勺，坐在他肩膀上，把沈洛年腦袋整個抱在懷裡，她這才發現身體變小之後，纏起沈洛年滋味又不相同，忍不住一面亂咬一面咯咯直笑。

沈洛年連眼睛都看不見了，這樣怎麼走？他輕拍山芷兩下說：「小芷快下來。」

「黑——」山芷不理會沈洛年，突然御炁而起，就這麼抱著沈洛年腦袋往空中飄。

她喊的是「飛」嗎？懷眞不禁笑了出來，搖頭說：「就這麼抓著洛年去嗎？」

「亂來！」沈洛年道息往外一泛，逼得山芷妖炁散失，渾身一軟，她嚇得連忙鬆手飛開，一面啊呀亂叫。

「別胡鬧了。」沈洛年飄在空中，伸手給山芷笑說：「來，拉著我跑。」

山芷繞了兩圈，這才有點畏懼地伸出小手，握住沈洛年的手。

「他做了、什麼？」羽霽好奇地飛過來問。

「沒了！」山芷睜大眼說。

「什麼沒了？」羽霽詫異地問。

「力、力氣！」山芷左小手握著拳頭比了比說。

懷眞怕扯下去露出破綻，對焱丹招手說：「小丹來拉姊姊，我們快去找漂亮衣服，看誰先到檀香山。」

「載跑！」山芷拉著沈洛年，率先衝起，向著東方飛去。

「飛行不叫賽跑啦！笨小芷！」羽霽一面嚷，一面御炁騰空，抄到最前面去，領先而行。

焱丹雖然沒這麼孩子氣，卻也不肯認輸，當下帶著懷眞往前直衝，只見五個大小人形，就這麼手牽手，向著東方的海島飛去。

□

約莫半個小時之後，下方港口，一大群陌生的船隊，從出海口向港內駛入，港口小鎮的人們不禁有點意外，一個多月前，夏威夷存活的人們都已經遷移完畢，返回亞洲接人的船隊，應該沒這麼快抵達才對，而且這些船隻的造型也很陌生，卻不知道是哪兒來的？

眾人雖然疑惑，但大劫過後，看到其他的人類，不免欣喜，大多數的人都往簡陋的港口奔去，想看清來訪的人物，幾個留守的變體部隊，更是迅速集合、登上碼頭，要分辨清楚來訪者的來意。

只見大小船群一艘艘登港，爲首的一艘木造大船，船頭上站著一群年輕男女，幾個眼尖的遠遠一看，嚷了出來：「是葉宗長他們！白宗的！」

這兒的人，有一大半都是曾被葉瑋珊等人所救的可可山難民，其他人也知道，當初歐胡島三處人群，正是靠著這些白宗年輕人才能串聯在一起，每個人都知道他們能力高強，足以應付強大妖怪，當下眾人歡聲雷動，紛紛擁上，霎時港口擠滿了人群，熱鬧非凡，已經遷移到附近山地上的人們聽到消息，也紛紛下山。

這群人，正是遠從台灣行駛來的第一批船隊，在葉瑋珊等人保護下，終於抵達噩盡島。

葉瑋珊帶著白宗精銳，本預備到此殺出一條道路，登入高原，沒想到在這東北角道息微弱處，找到這個天造地設的港口，可以讓人類的船隻直接上岸。

岸上的房舍、人們的服裝雖然看來十分簡陋，但這也是理所當然……自己船上的人們一樣蓬首垢面、十分狼狽，畢竟大難過後，大部分東西都在火中焚毀，連像樣的衣服都沒幾件。

台灣的船隻一艘艘地靠岸，這整批船隊的領導人倒不是葉瑋珊等人，台灣臨時政府派出負責代表的人物，一路上管控船隊的航行，並準備和這兒的領導人物洽談。

按理來說，應該先談妥之後，船上的人才能下船，但這船隊畢竟不是幾艘大船而已，許多中型、小型的帆船，一路上飽受風浪之苦，看到陸地哪還忍得住，紛紛靠岸登陸，一有人動作，誰也忍不住了，人人往岸上跳，霎時港口一片混亂，而岸上人們大多使用英語，下船的人們則多說中文，兩方交談只能比手畫腳，更是吵鬧。

白宗眾人倒不急著下船，瑪蓮看著港口一片亂，好笑地說：「這是怎麼回事？好像沒妖怪可打？」

「沒妖怪就太好了。」黃宗儒說：「多虧瑋珊和奇雅輪流上空中查看，發現這附近有漁船出沒，不然要找到港口可不容易。」

「其他的事情應該不用我們管吧？」瑪蓮哼哼說：「那些愛選舉的老頭不是搶著管事？」

「阿姊小聲點，人來了。」張志文湊近說，瑪蓮一轉頭，卻見一個穿著軍官制服、充滿朝氣的雄壯短髮青年正往這兒奔來，她輕哼了一聲，倒也不說了。

「葉宗長，大家好。」那青年遠遠就對著眾人打招呼行禮，十分客氣。

葉瑋珊認得此人，點頭說：「印上尉。」

那人忙恭謹地說：「不敢當，宗長叫我晏哲就好了。」

這趟旅程中，葉瑋珊施用引仙之法，將其中一個隨艦連隊的官兵引仙，這部隊的實際領導人，就是這位印晏哲上尉，聽說他本來只是個少尉排長，但四二九大劫過後，無論是軍官、士兵都十分缺乏，台灣臨時政府一面招募民眾加入部隊，一面提拔原有的官兵，他這才年紀輕輕就當上上尉，而也許是運氣不錯，恰好成爲這批引仙部隊的連長。

至於李翰那一隊數百人，當初一開始成立的時候連政府組織都沒有出現，隊員中有兵有民、有男有女，並沒有正式編制，所以李翰才暫時就被稱爲隊長，畢竟當時百廢待舉，誰也沒管這麼多。

葉瑋珊見印晏哲這麼說，微笑說：「上尉別客氣，請問有什麼事情嗎？」

印晏哲點頭說：「中校說請港口那兒的組織派人上船了，請宗長入艙，和這兒的臨時負責人一起洽談。」

「朱中校去談就好了。」葉瑋珊搖搖頭說：「請轉告中校，盡量按照計畫補充食水，我們三日後返航，我擔心台灣的狀況。」

「宗長。」印晏哲頓了頓低聲說：「如果您真的不想去，請白宗某位前輩當代表也不錯啊。」

「沒有必要的話，還是算了。」葉瑋珊搖頭微笑說：「我們大多人都才十幾二十歲，不懂這些。」

「這個……」印晏哲回頭看了看後方無人，才說：「我知道宗長不在乎名位，但大多數人都覺得，我們白宗在這些場合缺席有點可惜，現在這個時代，不能用過去那種做事方式了。」

葉瑋珊微微一怔，不大明白印晏哲的意思，只聽他又說：「宗長也許不知道，我們這些自願成爲引仙者的部隊，都相信宗長所言，認爲妖怪會越來越多、越來越強，但上面那些人卻不願相信，總打著能拖則拖的想法，若不是那時出現了大群狗妖聚集攻擊，這次的船隊就未必能順利出發，更未必會同意建立這批引仙連隊……而如果這邊如同宗長所言，是暫時沒有妖怪的地方，那些人說不定又會想岔了，我們身爲軍人，不方便插嘴，如果白宗也不派人，那……」

「就算是這兒，隨著全球道息量的增加，未來道息一定也會增加，可能也會出現妖怪……」葉瑋珊沉吟說：「我們只是估計，這附近將是全球道息量最低的地區，不代表可以永遠安心。」

「果然如此。」印晏哲忙說：「這些話，還是要宗長來說比較妥當。」

葉瑋珊思索片刻之後，望著賴一心說：「我們走一趟？」

「嗯。」賴一心點頭說：「我陪妳去。」

「奇雅，這邊麻煩妳了。」葉瑋珊說：「如果我太晚回來，你們就先開始。」

「知道了。」奇雅點頭。

葉、賴兩人，當即隨著印晏哲往船艙內走，和那些台灣派來的代表們會合。

等三人走遠，瑪蓮突然抓抓頭說：「我不討厭那個姓印的，但他幹嘛開口閉口就說『我們白宗』？他們什麼時候入白宗的？」

「也不算壞事。」奇雅說。

「啥？」瑪蓮聽不懂。

「阿姊。」張志文說：「多點人把我們當自己人，也不錯啊。」

「這樣喔？」瑪蓮瞄了張志文一眼說：「原來如此。」

「奇雅姊。」吳配睿好奇地問：「宗長說要我們先開始做什麼呀？」

「你們看。」奇雅指著河道西面的妖藤說：「那種植物，以後會往東長。」

「爲什麼？」瑪蓮問。

「因爲道息。」奇雅說。

「啊？道息怎麼了？」瑪蓮聽不懂，大皺眉頭。

「因爲道息逐漸增加，那種植物適合生長的地方會變。」張志文接口笑說：「所以人類能安全生活的地方也會減少。」

奇雅一向不愛說話，有人幫忙解釋正好，當下點頭說：「就是這樣。」

「靠。」瑪蓮白了張志文一眼，似笑非笑地說：「我知道你比阿姊聰明啦。」

「沒有啦、沒有啦。」張志文嘿嘿笑說：「哪裡比得上阿姊。」

這一個月來，張志文還是有事無事找機會就獻殷勤，瑪蓮無論是怒罵、責問，張志文卻打死不肯承認別有所圖，就算不理他，他也一樣會纏上來，瑪蓮本就是憋不住的性子，眼看拿張志文沒轍，也只好隨他去了，久而久之，倒覺得這賴皮小子挺好笑的。

所以此時瑪蓮只笑著輕哼一聲，不多理會張志文，回頭對奇雅說：「所以呢？瑋珊……呃，宗長想幹嘛？」

「剛靠岸時，宗長說這下面空間太小，台灣來的人，說不定得往高原上搬。」奇雅說：「宗長想趁這兩天補給，把上面地勢探勘清楚。」

眾人這下都明白了，這附近道息低迷，無論是變體者還是引仙者，能在這附近自由引炁活動的，只剩下身懷洛年之鏡的白宗眾人，那高原地形看來險峻，若讓一般人攀爬探勘自是大費工夫，若由白宗等人來查探，確實不需多久時間。

□

眾人看著高原區商議的同時，另外一面，剛走入艙中的印晏哲，正對葉瑋珊低聲說：「宗長，到了這兒，部隊大夥兒似乎都沒什麼精神呢。」

「因為道息不足的關係。」葉瑋珊說：「你們身體都已經仙化，會感覺到道息變化，不只是引仙者，變體者也會感覺比較沒精神，甚至比你們還嚴重。」

「嗯，我知道。」印晏哲有點遲疑地說：「只沒想到連變形都辦不到，這樣可能擋不住槍彈？」

「擋槍彈？」葉瑋珊微微一怔，沒聽說過妖怪使用槍械。

印晏哲遲疑了一下才說：「我看港口那兒的士兵都配有槍械……我們船隊攜帶的火力並不多，萬一起了衝突……」

「印上尉，你們的力量、速度等基本素質，其實比一般變體者強。」賴一心幫忙出主意：「萬一敵人使用槍彈，要想辦法近身攻擊。」

「嗯。」印晏哲點頭說：「這是理所當然，只不過對方萬一陣勢整齊，那就很困難了。」

「有道理。」賴一心沉吟說：「也許準備一些煙霧彈是個好辦法……」

「你們也眞是的，港口的人幹嘛和我們起衝突？」葉瑋珊搖頭說：「我們又不是來侵略的。」

「宗長說得是。」印晏哲尷尬地說：「大家都是落難者，當然不會，是我杞人憂天。」

「別這麼說。」葉瑋珊對他微微一笑，表示無妨，但其實她心中卻有些心驚，自己從沒把其他人類當成妖怪一般的假想敵，難道是自己太天眞了嗎？

三人進入船艙，走近那小型會客室的時候，印晏哲搶著打開艙門，一面說：「白宗葉宗長到了。」

不需要唱名吧……葉瑋珊不禁有點尷尬，和賴一心一前一後往內走，兩人目光一轉，卻見房中坐著五人，其中三人是台灣那兒派來的，分別是這艦隊的實際領導人朱清中校，以及分屬兩個政黨的臨時代表——丁樹豪與陳淑妃，據說這兩個新成立的政黨還沒找到彼此不同之處，最近主要爭執的是誰比較愛台灣，每天都有人在廣場召集群眾，拉直了喉嚨辯論演講、互揭過去瘡疤。

另外兩個背對著門口的一男一女，想必就是港口組織的代表了，此時那兩人正起身轉頭，回頭望向走入的三人。

兩方目光一對，葉瑋珊和賴一心不禁一怔，那兩人都不是生面孔，男的英挺帥氣，滿面笑容，是當初道武門中常隨著呂緣海的英俊祕書周光；而那女子美艷修長，明媚動人，竟是當初率隊脫離白宗、加入道武總門的劉巧雯。

ISLAND
老子好爽啊！

「巧……巧雯姊。」葉瑋珊意外地說。

「瑋珊……啊！該稱妳葉宗長。」劉巧雯微微行了一禮，笑說：「好久不見了，我聽到好多你們的威風事蹟呢，眞是讓人欽佩。」

對這過去的門派前輩，葉瑋珊頗有點不知該如何應付，當初劉巧雯還在白宗的時候，雖然總讓人感覺有點距離，但至少表面上對葉瑋珊、賴一心還不錯，只有瑪蓮和奇雅似乎和她處不大來。

半年多前夏威夷總門大會，劉巧雯帶著大半的白宗新手叛離，瑪蓮曾十分火大，拉著眾人要找劉巧雯算帳，但黃齊和白玄藍卻把這事壓了下來，要大家別提此事，看來似乎並不是很怪罪劉巧雯，至於為什麼不怪罪，卻也沒說。

所以這一瞬間，葉瑋珊也不知該笑還是該怒，還是裝作過去什麼都沒發生過？

「是巧雯姊！」賴一心卻沒想這麼多，咧開嘴笑說：「妳也沒事，眞是太好了，當時在歐胡島怎麼沒見到妳？」

「我當時在噩盡島外的艦隊上，被沖到遠處了。」劉巧雯微笑說：「花了快半個月回到歐胡島，才聽到你們的消息……對了，藍姊和齊哥呢？這次有來嗎？」

「他們倆都很好，這次留守台灣！」賴一心說：「我們沒想到這兒已經順利開闢了，所以我們大部分的人都……」

「一心。」葉瑋珊打斷了賴一心的話說：「別急著敘舊，大家都等著談正事呢。」

「對喔，你們談。」賴一心呵呵一笑，閉上嘴。

「聽說你們幾位都認識，那就省了介紹的麻煩了。」朱清咳了一聲說：「葉宗長、賴先生請來這兒坐吧。」

等葉瑋珊和賴一心到了側面坐下，周光這才開口笑說：「葉宗長來得稍晚了些，我們把前面的討論，簡略地提一下吧，看葉宗長有沒有什麼意見。」

「總之集權專制是絕不可能的，台灣一直都是民主法治的國家。」一個身材偏瘦、沒有眉毛、嘴唇色澤偏黑，乍看有點恐怖的中年女子，正聲音尖銳地說。

這女子正是陳淑妃，是「民重黨」派來的代表，沒有眉毛，是因為她當初把眉毛拔光用畫的，但大劫後卻找不到畫眉用的化妝品，嘴唇也因為當年口紅塗太多，已經變了顏色，此時素顏見人，就變成有點恐怖的模樣。

不過這時候突然聽到她口中說出「集權專制」四個字，葉瑋珊不禁有點吃驚，訝異地看著周光和劉巧雯。

「誤會、誤會。」周光呵呵笑說：「我們絕對沒有這個意思，大家都是現代人，都講究民主，我們只是覺得，眼前大亂初起、百廢待舉，還不便舉行選舉之類的活動，暫時由各意見領袖組成議事團體，豈非更有效率？」

「現在莫非不是道武門人把持著噩盡島的事務？」另一個「人福黨」的矮胖光頭中年人——丁樹豪開口問。

「我們只是爲公眾服務的民間組織。」周光微笑說：「和殘存的美軍合作防衛妖怪襲擊、搜尋殘存的物資……連政府組織都沒成立，和台灣相比，這一點我們倒是應該深刻地檢討改進。」

「是啊。」劉巧雯跟著笑說：「我也來自台灣，卻沒想到台灣不只成立了臨時政府，居然已經出現了兩個黨派，眞是太有效率了。」

這話聽起來似乎有點刺耳，丁樹豪和陳淑妃臉色都有點不好看，陳淑妃正想開口，似乎比較不易動怒的朱清，已經淡淡地說：「這自然得歸功於白宗諸位。」

這話一說，周光和劉巧雯對視一眼，似乎也有點不知該如何接話。

這關白宗什麼事？葉瑋珊微微一愣，突然明白，當時台灣唯一具有和妖怪作戰能力的就是白宗一群人，若白宗不讓人建立什麼臨時政府，當然建不起來，朱清這話自然帶著點諷刺意味，表示道武門想把持這個權力。

這些大人的世界眞是複雜……葉瑋珊眉頭微微皺起，見兩方都不吭聲，輕咳了一聲插口說：「既然是誤會，就先放在一旁，台灣有十餘萬人將遷來這兒，到時候大家就是一家人了，丁代表和陳代表，似乎是專程來討論未來政治組織規劃的，如果道武門是民間組織，那麼這些事情該由誰來處理？」

「十餘萬？這麼多？」周光和劉巧雯對望一眼，似乎都有點意外，一個沒有大量變體部隊保護的小地方，怎能剩下這麼多人？

「聽說是因爲台灣沒出現強大妖怪……這部分葉宗長比較清楚。」朱清望向葉瑋珊。

其實葉瑋珊也不算很清楚，但這場合下自己卻非得當妖怪權威不可，她只好開口說：「是因爲四二九大劫之後，台灣有神獸保護。」

「神獸？」周光、劉巧雯又吃一驚，沒聽說過這種東西。

「不過神獸離開前說過，保護期限只有半年左右，現在已經過了四個月……強大的妖怪隨時可能出現。」葉瑋珊說：「所以我們得盡快把船上人民安置妥當，返航準備應付變局。」

「難道一點妖怪都沒有？」劉巧雯詫異地問。

「一些智識比較低、不懂得害怕的中級靈妖還是會出現。」葉瑋珊說：「船隊出發之前，已經出現大批狗妖攻擊花蓮港，如今又過一個月，也許有更強大的妖怪出現也不一定。」

「那你們居然只留下藍姊和齊哥保護那十幾萬人？」劉巧雯心念一轉說：「啊，你們用妖質創立了台灣的變體部隊？」

雖然其實是引仙部隊，但也差不多意思，葉瑋珊不置可否地說：「總之，台灣人民需要盡快搬來，安置上沒問題的話，政府制度之類……都可以以後慢慢商量。」

「這件事情十分重要啊！」陳淑妃大聲說：「若這兒被獨裁者把持住了，台灣十餘萬倖存者必須愼重考慮搬遷的事情。」

「不搬來會死耶。」賴一心聽到這兒，忍不住詫異地說：「強大的妖怪，引仙部隊抵擋不了。」

「眞的嗎？」陳淑妃懷疑地說：「你們都是道武門人，會不會把妖怪的能力給誇大了？」

葉瑋珊眉頭一皺，正想說話，丁樹豪露出笑臉，慢條斯理地說：「葉宗長，冒昧說一句，神獸也沒幾個人看過，這事很多人民都半信半疑，我們受到的壓力也很大，若有更確實的證據，回去也比較好作說明。」

這兩件事情，葉瑋珊不是不知有人私下謠傳，但還是第一次有人當著她面說，葉瑋珊忍住惱怒，吸了一口氣說：「若在台灣，我很難給兩位一個好答覆。」

兩人同時一愣，不明白葉瑋珊這話什麼意思。

「還好兩位來了。」只聽葉瑋珊接著說：「這兒島上的難民，應該大多見過在歐胡島上肆虐的鱷猩妖，那種妖怪就比狗妖強大不少，如果兩位代表願意下去找一般人民問問，就會知道我們有沒有誇大了。」

「是啊，當初我們可可山上，千餘變體部隊都招架不住鱷猩妖的攻擊，若非白宗眾人出手相助，恐怕最後殘存的幾萬人也都要犧牲了。」周光其實當時並不在場，此時說起來，卻彷彿親眼目睹一般，他笑著說：「若非如此，這些歐胡島難民，爲什麼要遷來噩盡島？」

陳淑妃一怔，看了丁樹豪一眼，丁樹豪當即笑說：「我們本來就該下船見識一下的。」

「那麼，周先生、劉小姐，噩盡島上有地方安置這趟隨船來的兩萬餘人嗎？」朱清開口說。

「地方當然有。」周光說：「這港口的地面太狹隘，但東面山區內有不少可以居住的地方……不過我們這兒剩下的資源也不多，大家還是要盡量自食其力才好……」

「還好吃的不用擔心。」劉巧雯接著說：「西南面的妖藤功能很多，不但可以食用，而且生長快速、食之不盡，算是不幸中之大幸。」

「有吃的就太好了。」朱清站起說：「就如葉宗長所言，政治的事情，等人民都遷來之後再討論也不遲。」

「那麼兩位台灣代表隨我來吧？」周光微笑說：「來參觀一下我們這兒經營的狀況。」

「那就麻煩你了。」陳淑妃露出笑容說。

丁、陳兩代表其實也急著想下船探探消息，當即隨周光下船，朱清此時也自去安排船隻補給、人民下船的事宜，只有劉巧雯刻意留下，似乎想和葉瑋珊私下說幾句。

這時房中除了葉瑋珊、賴一心之外，還有那位印晏哲上尉，他倒是頗識相，見狀也不吭聲，自動退去，還把門關了起來，劉巧雯見狀，微微一笑說：「這人是白宗新收的門徒？挺乖覺的。」

劉巧雯能感受到印晏哲的淡淡妖炁，葉瑋珊並不覺得意外，她反而看著劉巧雯說：「巧雯姊，妳也多吸收了妖質？」

「是。」劉巧雯笑容收了起來，看著葉瑋珊說：「但是妖質的量實在太缺乏了，我還是因為身為幾個少見的發散型專修者，萃取妖質效率比較高，才輪了一些讓我吸收，也只是為了要我萃取妖質……瑋珊，妳們居然捨得拿妖質建立變體部隊？我眞是很佩服。」

葉瑋珊不便說出仙化之術耗用的妖質極少，沉吟了一下才說：「巧雯姊，妳不想回台灣看看嗎？」

「我也沒什麼親人在台灣，既然知道藍姊、齊哥都好，也不需要回去了……」劉巧雯搖了搖頭說：「不過詩群和毅折倒是可以問問。」

葉瑋珊微微一驚，彭詩群是過去一直追隨著劉巧雯的內聚型門人，年紀比瑪蓮、奇雅等人還要大些，至於陳毅折則是當初由葉瑋珊收入白宗的西地高中學生，和沈洛年同屆，葉瑋珊突然聽到這兩個名字，終於忍不住說：「他們……」

「只剩下這兩個了。」劉巧雯嘆了一口氣說：「其他人，應該算是我害死的吧？如果跟著你們，不只不會死，現在可能也是傳說中的英雄了。」

「這是運氣不好啦。」賴一心皺眉說：「巧雯姊別自責。」

「我們也算不上什麼英雄。」葉瑋珊跟著說。

「還算不上嗎？」劉巧雯苦笑說：「不知道多少人旁敲側擊地來問，他們想拜入白宗都找不到門路，我們過去既然是白宗人，怎會退出白宗？又怎會沒學到白宗的密傳功夫？」

葉瑋珊和賴一心一愣，對看一眼，不知該如何回答。

「且不提過去的老宗長，我相信藍姊對我不會藏私，白宗過去不可能有這種能耐。」劉巧雯望著葉瑋珊說：「是傳言太過誇大嗎？你們八個人怎麼能擋得住數千隻鱷猩妖的攻擊？甚至將之擊退、不敢再犯？」

眾人能力的提升，除了武技部分是賴一心所增益，其他就幾乎都是沈洛年造成的，擋得住強敵，是靠「洛年之鏡」提升的炁息，而能在千萬妖怪中支持片刻，靠的卻是「道咒總綱」的大範圍道術，但無論是「洛年之鏡」，或者是「道咒總綱」，都不能對外人提起，葉瑋珊正遲疑，卻聽到賴一心乾笑說：「其實這是因爲我們有洛年之……」

「一心！」葉瑋珊忙叱了一聲。

「果然和洛年有關？」劉巧雯則是吃了一驚。

「呃……」賴一心一呆，這才想起不能說，但他又轉不過來，只好結巴地說：「這個……那個……」

「巧雯姊。」葉瑋珊吸一口氣說：「這件事情……」

「抱歉，我不該問的……」劉巧雯苦笑說：「我畢竟已經不算白宗中人，當初的我太過短視，還害死了一批白宗新人。」

葉瑋珊輕咳了一聲說：「舅媽一直要我們別在意這件事，巧雯姊自己也別放在心上了。」

這話雖然看似安慰，但確實是把自己當成外人，劉巧雯聽得出來，葉瑋珊並不像賴一心這麼毫無芥蒂，但這也不意外就是了……她想了想說：「詩群過去一直都跟著我，倒也沒什麼怨言，但毅折小弟本是你們同學……宗長是否可以考慮讓他重回白宗？反正白宗日後也該會繼續收徒吧？」

若讓陳毅折重回白宗，就會遇到和李翰一樣的問題——沒有洛年之鏡，永遠比其他人差一大截；李翰口中說相信自己沒藏私，但實際上信與不信也只是一念之間，這樣的門徒收多了，只會問題越來越多……

這段時間一直有人想入白宗，這問題葉瑋珊思考已久，此時恰好劉巧雯詢問，葉瑋珊終於做出決定，她望著劉巧雯說：「巧雯姊，短時間內，白宗不會再收任何人了。」

劉巧雯一怔說：「那這些變體部隊……？」

「這些部隊……和白宗嫡系還是有點不同。」葉瑋珊說：「那是速成的辦法，只能支持一段時間。」

竟有速成的辦法？這又是什麼辦法？劉巧雯越聽越驚，但看樣子一時也問不出來，不如先找那些小官兵拋兩個媚眼，說不定問得還快些，劉巧雯心念一轉，笑說：「既然如此，你們要不要也下去逛逛？我可以當嚮導喔。」

「謝謝巧雯姊，但我們還有事情。」葉瑋珊微笑說：「我們打算探探後面的高原區。」

「啊，最好別去！」劉巧雯臉色一正說：「不知爲什麼，崖上似乎有強大妖怪出沒。」

「眞的嗎？」葉瑋珊和賴一心都吃了一驚，那兒不是道息最少處？妖怪怎會喜歡那兒？

「我們也不明白原因，近一個月來，有不少人看到窮奇、畢方與一種龍首馬身的強大妖獸在高空中翱翔，甚至常常打起來。」劉巧雯說：「雖然對人類似乎沒有敵意，但我們若主動接近就難說了。」

「居然有這種事……」葉瑋珊忙說：「一心，你先去阻止奇雅，要大家等我到了再決定。」

「好。」賴一心連忙快步往外走。

賴一心離開後，劉巧雯接著說：「那些妖怪，在空中戰鬥時散出的妖炁十分強大，我們在地面上都能感受到……不過那些妖獸不是每日出現，每隔數日才飛到山崖上方消失，不知道去做什麼的。」

「巧雯姊，妳說有種像龍首馬身的妖獸……」葉瑋珊說：「妳親眼見過嗎？長什麼樣子？」

「嗯，我看過一次。」劉巧雯說：「深紅色的身軀，泛出火焰一般的妖炁，有著一顆不像馬的龍形頭，非常強悍，畢方和窮奇常常需要聯手才能對付他，不過那三隻妖獸打完了又並肩齊飛，彷彿嬉鬧一般，搞不懂是怎麼回事。」

「那馬聽起來有點像舅媽見過的神獸麟犼……」葉瑋珊說：「莫非是……來保護人類的？」

劉巧雯大喜說：「如果這樣就太好了。」

葉瑋珊一面思索一面說：「不過舅媽說，那神獸言語中似乎並不怎麼喜歡人類，只想跟著洛年……難道是他帶來的……」

「又是洛年？」劉巧雯又吃一驚，實在搞不懂這是怎麼回事，詫異地說：「那脾氣古怪的小弟有來嗎？」

「沒有……」葉瑋珊搖了搖頭，有點悵然地說：「他和那神獸一起離開了，我們回去時……已經沒見到他了。」

「那……那位胡宗宗長，懷眞小姐呢？」劉巧雯又問。

「也沒見到。」葉瑋珊搖搖頭，眉頭微微皺起。

「瑋珊。」劉巧雯目光一轉說：「這兒沒有外人在，我說句話，妳別生氣。」

葉瑋珊一怔，抬頭望著劉巧雯，只見劉巧雯低聲說：「洛年似乎很喜歡妳？怎會離開的？是不是因爲妳選擇了一心……」

「巧雯姊！」葉瑋珊臉上泛起一片帶著薄怒的紅潮，板著臉說：「別開這種玩笑。」

劉巧雯這方面的經驗可豐富了，葉瑋珊這一臉心虛的表情怎麼瞞得過她，不過這時候逼問下去就傷感情了，劉巧雯一笑說：「我亂猜的，別介意……妳還是快去和他們會合吧，有機會再聊。」

「嗯……謝謝巧雯姊。」葉瑋珊確實急著出去，當下別過劉巧雯，快步往外走。

□

還好剛剛開會並沒有花上太久的時間，奇雅等人還在船頭，被賴一心攔了下來，眾人正討論著山崖上妖怪的事情，葉瑋珊趕至，把劉巧雯之後的言語稍微轉述。

瑪蓮首先拍著船頭罵：「那牆頭草說的話我才不信！哪有什麼妖炁？我上山看看！」

「阿姊，人家不會說這種謊啦。」張志文苦笑說：「若是假的，我們下去隨便問問不就拆穿了？」

「唔……」瑪蓮瞪了張志文一眼說：「你管我！我高興上去看看不行啊？」

「當然不行。」張志文說：「有強大的妖怪耶，我很怕死的。」

「又沒要你上去。」瑪蓮皺眉說。

「阿姊妳要上去的話，我怎麼能不上去？怕也得上啊。」張志文嘻嘻笑說。

「靠！你這賴皮鬼。」瑪蓮忍不住笑了出來，把張志文一把推開老遠。

「如果是保護人類的神獸，最好別去觸怒。」黃宗儒開口說：「我有另外一個想法。」

「宗儒，怎麼？」葉瑋珊問。

「這片妖藤，隨著道息的改變，會往東面接近，可能圍著山腳，也可能更高。」黃宗儒指著東面河岸外的妖藤說：「人類雖然可往上退，這港口該怎辦？」

「港口就沒了？」吳配睿問。

「嗯。」黃宗儒說：「但是這港口十分重要，離高原最近的港口就是這兒，東面其他地方都是高聳的斷崖，這兒一方面是人類在這片土地的唯一出入口，二來漁鹽產品也只能從這兒取得，無論妖藤會不會接近，這兒都得維持住。」

「也就是說，妖藤接近的話，得伐除掉？」賴一心說。

「嗯。」黃宗儒點頭。

「這麼一來，這區域就少了妖藤的天然屏障，會直接面對西方陸塊上的妖怪了。」葉瑋珊說。

「對。」黃宗儒說：「所以我覺得我們該往西面探勘，看看妖藤區後面的妖物有多強，說不定人類不需要藉著妖藤防禦，就可以居住，那就不用限制在這個小區域。」

「去西面嗎？我贊成！」賴一心眼睛亮了起來，東面一片光禿禿的山地本來就沒什麼好看，雖然聽說有強大妖怪出沒，但太強的反正打不過……要探險當然要去西邊才好玩。

「無敵大，幹嘛安全的地方不住？」瑪蓮疑惑地問。

「這高原區只有百公里方圓，大部分都是陡峭的山嶺，平地很少。」黃宗儒說：「繁衍數代之後，恐怕會住不下。」

「想到這麼遠了喔？」瑪蓮吐吐舌頭：「那時候我們都死光了啦，不用管了。」

黃宗儒呵呵一笑說：「就算不管未來的事情，只為了這個港口，也得去探查一下，照懷眞姊的說法，幾個月內道息還會增加的……阿姊，若沒了這港口，又還沒開始圈養食用牲畜的話，短時間內恐怕會沒肉吃。」

「嗄？」瑪蓮一驚說：「那非得死守不可！」

「就探探看西面。」葉瑋珊做了決定：「看看狀況之後，再決定要不要分組勘查。」

「西面的話，帶點引仙部隊去如何？」奇雅說。

「好主意！」西面道息的量逐漸增加，他們說不定能幫上忙，也可以知道引仙者到多遠處可以仙化，葉瑋珊點頭，目光一轉說：「嗯……添良，你可以請印上尉準備一批人隨我們去好嗎？二、三十人就好。」

一直沒說話，懶懶站在一旁的侯添良，聞聲點點頭，轉身飄去了。

眾人都看著侯添良背影，又看看奇雅，每個人都想開口，又似乎不知該怎麼說，過了幾秒，葉瑋珊才說：「添良這件事……唉……」卻是說到一半，葉瑋珊還是不知該怎麼說下去，只好嘆了一口氣。

「欸。」憋不住的瑪蓮，突然一把抓著張志文領口說：「那個阿猴還要結屎面多久啊？」

「我哪知道。」張志文苦著臉說：「又不能怪我。」

「不管，你給我處理妥當。」瑪蓮說：「阿姊看了就滿肚子火！」

「呃……」張志文偷偷看了奇雅一眼，囁嚅說：「妳怎不跟奇雅說？」

「敢頂嘴！」瑪蓮又施展十字鎖喉，讓張志文伸出舌頭說不出話來。

「瑪蓮別鬧了。」奇雅突然淡淡地說：「我來處理。」

「呃？」瑪蓮吃驚地說：「妳要怎麼處理？」

「那個……奇雅……」張志文喉嚨還被鎖著，也掙扎著說：「阿猴只是有點死心眼，沒有惡意的。」

「我知道。」奇雅說：「你們不用管。」

這下眾人面面相覷，誰也不敢多說。

卻是一個多月前在台灣，張志文和侯添良兩人突然開始對瑪蓮、奇雅大獻殷勤，兩女避了一段時間，到最後避無可避，分別對張、侯兩人翻臉，不過張志文屢敗屢戰、死纏爛打、毫不洩氣，加上瑪蓮個性粗疏愛鬧，往往沒法眞的拉下臉來，兩人這麼一路打鬧，變成一種相處模式，還不知未來會如何發展。

但奇雅卻像身上罩了一層冰罩一般，毫無下手之處，別看侯添良皮膚黝黑，臉皮其實挺薄，奇雅嚴詞拒絕以後，他就不敢再有任何表示，總站得遠遠地不敢多說，每天都垂頭喪氣的，似乎人生已經失去樂趣一般，誰勸也沒用。

不過這麼一來，氣氛卻變得有點僵，這一個月在船上侯添良一直刻意避開奇雅，此時眾人要一起做事，總讓人覺得哪兒不對勁。

這時候奇雅卻突然說要處理，倒讓人十分擔心，不知她要怎麼辦？

不久之後，侯添良飄了回來，對葉瑋珊緩緩說：「宗長，印上尉會準備一排三十人去，還說準備去調一艘中型船渡河，要我們先下港口，等他通知。」

「嗯，我們下船吧。」葉瑋珊領著眾人要走。

「宗長，我和添良稍慢一下，馬上下去。」奇雅突然說。

「呃？好。」葉瑋珊偷偷一吐舌頭，對眾人打了個眼色，快步去了。

這麼快就要說了？大夥兒你看看我，我看看你，想了想，還是都閉上嘴往下走。

至於侯添良，這時則一臉呆滯地站著，不明白爲什麼奇雅會突然要把自己留下，他望向奇雅，張開嘴又閉上，又想張開，正沒個準的時候，卻聽奇雅說：「瑪蓮！還躲？出來！」

「呃。」不遠處，蹲在一根綑繩索的大木柱後方，正準備偷聽的瑪蓮，尷尬地鑽了出來，她一面往外走，一面乾笑揮手說：「我那個……我先下去等妳嘿。」

「快走。」奇雅白了瑪蓮一眼。

等瑪蓮也走遠了，奇雅這才看著侯添良說：「過來，我們談談。」

侯添良走近兩步，卻又不敢太靠近，呆了呆才說：「奇雅……」

「我上次穿過兩天短褲，你看過我的傷疤了。」奇雅說：「不覺得難看？」

侯添良雖然不知道奇雅打算說什麼，但聽起來就不像壞事，他精神大振，連忙說：「當然，一點也不，那根本看不出來，就和一般皮膚差不多了。」

「不只腿上有，手上和身上都有喔。」奇雅說：「摸起來也不怎麼光滑。」

這話意思是自己有那個命去摸嗎？侯添良吞了一口口水，那張黑臉漲紅的同時，頗有點腦充血，一下子身子有點搖晃，站不大穩。

「怎麼了？」奇雅微微皺眉說：「有在聽嗎？」

「有！」侯添良回過神，立正站好。

「你幾歲了？」奇雅說。

「我去年年底就滿十八歲了！」侯添良大聲說。

「不用這麼大聲。」奇雅皺眉說：「到今年十月，我就二十二歲了。」

「我十八已經滿很久了。」侯添良忙說：「其實我們只差兩歲多一點點。」

算術眞差，其實是三歲多，不過這也算了……奇雅接著問：「你喜歡我嗎？」

侯添良臉更紅了，微微點了點頭，想想又急著說：「我不想讓妳不高興……所以這段時間才避著妳，並不是……」

「那不重要。」奇雅停了幾秒，這才說：「你想做什麼？」

這問題沒頭沒腦的，侯添良一呆說：「什麼？」

「你想要我和你做什麼？」奇雅又說了一次，看侯添良還是呆在那兒，她微微皺眉，頓了頓接著說：「只是想交個女友，又或者只是想找人上床？」

「呃……」侯添良傻了片刻才說：「喜歡的話，什麼都會想做吧，但那個……不是重點。」

「你想娶我嗎？」奇雅問。

侯添良又是一呆，才十八歲的他，自然沒想到這麼遠的事情，但這不代表他不認眞，侯添良當下一咬牙說：「想！」

「神經病。」奇雅瞪了他一眼說：「我們才認識多久？」

又說錯了，誰來幫忙給一下標準答案啊……侯添良一面叫苦一面說：「我……我的意思是……」

奇雅沉吟了一下說：「如果你是眞心喜歡我的話……」

「我是眞心的！」侯添良搶著說：「從很久以前，我每天都……」

「停，不用說這些。」奇雅搖手說：「我不可能當你女友的。」

「呃？」侯添良臉又苦了，那找自己來說半天幹什麼？

「不過若符合幾個條件，未來並不是沒有希望。」奇雅說。

侯添良精神大振說：「好，快告訴我。」

奇雅緩緩說：「第一，從今天算起十年之內，志文娶到瑪蓮。」

「嗄？」侯添良一愣。

「第二，」奇雅不管侯添良的反應，接著說：「而這十年內，你沒追求過、交往過任何其他女子。」

「呃？」侯添良瞪大眼睛。

「第三，別讓我太討厭你。」奇雅說：「只要符合這三點，如果你那時還喜歡我，到時就嫁給你。」

「啊？」侯添良張大嘴說不出話來。

「可是不管嫁不嫁，我都不會愛上你。」奇雅臉色一沉說：「這樣你也可以接受的話，你就等我十年。」

「這……」侯添良說：「爲什麼……要這樣？」

「不用勉強，也不用作什麼承諾。」奇雅說：「十年後，你若是自認符合這三個條件，又還想娶我，就來向我求婚。」

「等……等等。」侯添良平時雖然有點隨隨便便，這時可是集中全力思索，想想忙說：「其他的條件還有道理，蚊子和阿姊那個……實在不大合理啊，我又幫不上忙？」

「沒辦法，那就是首要條件。」奇雅微微一笑說：「你可以不答應啊。」

所謂情人眼裡出西施，何況有著一張俏麗小臉的奇雅，本就生得不錯，見奇雅這一笑，侯添良不免失魂落魄，迷迷糊糊地說：「好，我答應、我答應，我就等十年。」

「話別說太滿。」奇雅說：「你也不准去干擾瑪蓮他們，這條件更不准對任何人說。」

「我不敢啦。」侯添良傻笑說：「阿姊這麼凶。」

「那就這樣決定。」奇雅說：「這十年我們就當普通朋友，你對我沒有任何責任，隨時可以放棄這約定，而如果你想堅持下去，只要別讓我越看你越煩就好，比如整天擺個臭臉，或者老說粗話之類的……」

「我會改、我會改……」說著說著，侯添良突然結結巴巴地說：「妳……不會喜歡上別人嗎？比如……那個……洛年……」

「不會。」奇雅搖頭說：「我不會喜歡上任何其他男人。」

「那……既然不喜歡我……爲什麼會願意嫁給我？」侯添良忍不住問。

「反正我不會愛上別人。」奇雅淡淡地說：「有個人願意這樣愛我，也不嫌棄我不愛他，嫁他也無所謂。」

「十年啊……」侯添良愣愣地說。

「不願意也沒關係。」奇雅轉開頭，望著船下的眾人說：「老實說，這條件很苛，我並不相信你能堅持十年。」

「好！」侯添良彷彿下定決心般地說：「我不只十年以後要跟妳求婚，這十年內，我還要讓妳愛上我！」

侯添良興奮地說完，但見奇雅目光瞥了過來，他連忙補充說：「在不惹妳討厭的前題下努力！」

「隨便你了。」奇雅說：「你這一個月老是臭著臉不說話，造成大家的困擾了。」

「呃……」侯添良愣了愣說：「對不起。」

「大家等久了，下去吧。」奇雅轉頭說。

「這個……」侯添良突然說：「我可以罵最後一次粗話嗎？」

奇雅微微一愣，疑惑地說：「罵我嗎？」

「當然不是、不敢、不可能。」侯添良連忙搖手。

「那隨你。」奇雅說。

「等等我，馬上好！」侯添良轉身望向船外，深吸了一口氣，突然對著外面大喊：

「幹——你他媽的！老子好爽啊——」

這一喊，蓋下了鬧哄哄的人聲，船上船下連港口的幾千人目光都轉了過來，看著這個發瘋的年輕人。

「你神經病啊？」奇雅吃了一驚。

「老子十年以後就有老婆了啦！」侯添良又嚷。

「你再說就作廢了！」奇雅臉終於紅了，忍不住頓足說：「我說過，不准告訴任何人！」

「呃，是、是。」侯添良連忙轉身說：「從此一字不提。」

「瘋子！」奇雅白了侯添良一眼，搖搖頭，先一步往長踏板那兒掠去。

但這一眼卻讓侯添良心中暖呼呼的，當下他一面傻笑，一面緊跟著奇雅的身後掠去。

剛剛侯添良的大喊，雖然也引起了白宗眾人的注意力，但是一方面周圍十分吵雜；二來相隔又遠，除了知道他大吼怪叫之外，倒也聽不清內容，只讓人更擔心了些。

此時兩人這麼一前一後、前腳後腳地下船，大夥兒的注意力自然都集中了過去，奇雅那沒表情的小臉上看不出端倪，但後面那個黑臉大個兒，臉上爲什麼充滿了傻呼呼的笑容？

且不說瑪蓮忙把奇雅拉開探聽，張志文、吳配睿、黃宗儒更早已圍上侯添良打探，連葉瑋珊都忍不住拉著賴一心走近幾步，想知道發生了什麼事情。

但侯添良怎麼逼就是不說半個字，直到眾人逼急了，他才突然拍了張志文肩膀一下，哈哈笑說：「你可得加油啊。」

叫我加油？張志文一愣，忍不住又好氣又好笑地罵：「你這傢伙前幾天還像個死人，現在居然臭屁起來了？」

「不、不。」侯添良搖頭說：「我可全靠你了。」

「靠我什麼？」張志文瞪眼。

「不可說、不可說。」侯添良搖頭。

「打什麼啞謎啊！阿猴哥。」吳配睿也忍不住笑罵。

「奇雅說不能說。」侯添良板起臉，肅然說：「打死我也不會說的。」

「不行！」「快說！」張志文和吳配睿一起叫了起來，但侯添良仍是只顧傻笑，不肯張口。

莫非這兩人真有什麼發展？這可稀奇了；葉瑋珊目光轉向奇雅，卻見奇雅仍是那般雲淡風輕的模樣，輕鬆應付拿著厚背刀跳腳的瑪蓮，看起來卻又不是那個味道……目光再一轉，葉瑋珊卻見那位上尉連長印晏哲正快步往這兒接近，她暗暗跺了跺腳、嘆了一口氣，才很煞風景地咳了一聲說：「晚點再聊吧，該做事了。」

這下眾人只好不甘不願地放過侯添良，當下隨著印晏哲與他選出的引仙部隊三十人，登船過河，往西地探險。

ISLAND
媽媽們

另一面，歐胡島，檀香山。

市區因為有鱷猩妖盤據，當時變體部隊只敢在外圍偷偷摸摸搜索物資，所以市區內物資其實剩下不少，但也因為鱷猩妖的關係，整個市區靠山地的一半，已經被夷為平地，翻出泥土，土面上更已經拔出細芽，變成一片綠地，大大小小的鱷猩妖群，就這麼在其中翻滾嬉鬧，快樂地度日。

而這地方原來無數的水泥、柏油碎塊，已經被堆到另外一半的市區中，還有不少鱷猩妖一面拆房子一面往外推，看樣子時日一久之後，恐怕不容易看出這兒曾經是個繁華的大都市。

沈洛年與懷眞，領著三個剛變人形的小朋友，飛到了檀香山上空，三小強大的妖炁自然把鱷猩妖群唬得有些緊張，當五人落入那廢墟區，鱷猩妖都撤得遠遠的，不想與他們衝突。

雖說山芷等人還小，眞打起來未必是成千上萬鱷猩妖的對手，就算是那鱷猩妖王也足以和三小對峙，但年紀稍長、有點智識的鱷猩妖，自然知道三小身後的靠山難惹，能不衝突還是不衝突為妙，正如當年雲陽若不是忍無可忍，也不會動手趕跑那時還小的羽青，最後還招惹來了大畢方羽彩，這才欠了懷眞一個大人情。

雖說廢墟這兒鱷猩妖還沒全力破壞，但當時大火漫天，能存留下來的衣服可也不多，翻了好片刻，總算找到了幾件，還好三小和懷眞不同，並不排斥內著與褲裝，聽沈洛年說了「正常人類」的穿著方式之後，似乎頗有興趣，總算願意照著規矩嘗試，讓他十分感動。

尋覓的過程中，不只是三小找了衣褲穿上，連懷眞和沈洛年都找了幾件衣服穿，懷眞當然還是以裙裝爲主，沈洛年則是找了幾條褲子，至於上衣，反正那件血飲袍不會髒又不會壞，索性就這麼穿著，還省點麻煩。

不久之後，𤞑丹、山芷、羽霽都穿上了一身新衣服，三人都選擇了褲裝，據說慣於近身戰的她們，覺得長裙礙手礙腳不便動作，而又實在不明白短裙和只穿內褲有什麼不同，自然也不喜歡。

這麼一來，雖然少了點女人味，反正三小都只是孩子，倒也無妨。

不過過程中有個小麻煩，就是山芷和羽霽想想就打了起來，周圍房子到處倒就罷了，衣服也馬上破破爛爛，最後還是懷眞看不下去，轟雷把兩人止住，這才保住了一套衣服。

「好啦！」懷眞眼見差不多了，把眾人叫齊說：「我教妳們收斂妖炁和仙獸氣息的辦法。」

「收起來做什麼？」𤞑丹搖頭不解地問。

「想去人類村莊玩的話，就得收斂妖炁啊。」懷眞笑說：「否則被發現是妖，可就逛不成了。」

「我不想去人類村莊。」琰丹搖頭說：「除了洛年很怪之外，都很弱！」

「不想去！」羽霽跟著說：「討厭人類！」

「學！」又爬到沈洛年肩膀上，抱著他腦袋坐著的山芷嚷：「找……洛年！」

「洛年也住外面。」羽霽嘟嘴說。

洋娃娃般的山芷想了想，搖晃著那一頭金髮說：「那……不學。」

「妳們還不懂人類世界好玩的地方……不學也罷。」懷眞笑了笑說。

沈洛年卻有點頭疼，這小丫頭幹嘛老爬到自己頭上？他把山芷那雙擋著自己眼睛的小手臂拉開幾分，沒好氣地說：「小芷下來，別老擋著我眼睛。」

「我的！」山芷卻抱著沈洛年腦袋，那雙藍色的大眼望著懷眞說。

「說什麼啊？」沈洛年覺得老用道息嚇跑山芷似乎殘忍了些，但又不好和她比蠻力，正頭痛，卻見懷眞掩嘴笑說：「我懂了。」

「懂什麼？」沈洛年問。

「小芷以前每次抱你，我都說她搶我位置。」懷眞笑說：「她現在說肩膀以上是她的，我不能搶。」

「我的！」山芷一面點頭一面笑著說。

「妳們在菜市場買豬肉嗎？」沈洛年皺眉說：「小芷下來，我抱著妳。」

山芷一聽，高興地繞著沈洛年身子爬下，攀到沈洛年胸前，讓他抱在懷中，一面緊抱一面喊：「我的！我的！」

「那兒是我的！」懷眞抗議：「臭洛年，你最近都不肯抱我！」

「囉唆。」沈洛年笑說：「別和小孩子搶。」

「什麼？你這負心漢！」懷眞笑罵說：「小霽去揍洛年，只要沒打死都沒關係。」

「好！」羽霽喜孜孜地跳了起來。

「吼！」山芷馬上對著羽霽大吼。

「都別吵了……」沈洛年嘆氣說：「小霽，我抱一下就放小芷下去陪妳玩……妳這狐狸也眞是的，不是有正事要說嗎，還胡鬧？」

懷眞瞪了沈洛年一眼，這才嘟起嘴放下包裹說：「小鬼們都來選武器，上次我解釋過功能了，既然已經變人了，拿拿看哪個趁手，快選好了拿走，剩下的姊姊有用！」

「這些武器不好。」緂丹說：「我們再去找！」

「不行了。」懷眞四面望了望，搖搖頭說：「道息越來越濃，一些小型寶庫的主人都快回來了，小偷不妨做做，殺人奪寶會引來對方親族報仇，那可沒完沒了。」

「去大型的！」羽霽眼睛放光說：「上次那種！」

「那種太危險。」懷眞搖頭說：「上次差點就出不來。」

「洛年！有洛年！」山芷小手胡亂拍著沈洛年臉說。

「喂！小芷別拍！」沈洛年一面擋一面罵。

「這是沒錯……有洛年在確實容易不少。」懷眞笑說：「但是要找到一個新門戶，少說也要找個十天半個月，妳們以爲還有多少時間可以玩這種遊戲？」

「一直玩呀！」羽霽理所當然地說。

「一直！」山芷跟著嚷。

懷眞正笑著搖頭，突然一驚往空中看說：「這麼快嗎？不可能吧？」

沈洛年跟著往空中看，卻看不出所以然來。

「嗶？」羽霽突然叫了一聲，御炁往西面海上飛去。

山芷看了看，難得主動放開了沈洛年，追著羽霽往空中飛。

過了幾秒，一樣往空中看的錟丹，也驚噫了一聲，跟著飄起外掠。

懷眞看了看，啊了一聲說：「我懂了。」

「怎麼回事？」沈洛年問。

「媽媽們來了……她們發現女兒狀況起了大變化，忍不住想擠過來；去助她們一臂之力吧，免得傷了元氣。」懷眞轉頭對沈洛年說：「給我一些道息。」

「嗯。」沈洛年現在已經不需要從口部才能放出那種凝結的道息，他伸手探出一部分道息，懷眞則聚出妖炁，借玄靈之力，施咒將這團濃稠道息凝聚在兩掌之間，跟著往外飄飛，一面說：「你拿著寶物，跟著我來，別離太遠，先冒出來的不知道是哪種妖。」

「好。」沈洛年提起那一袋包裹，緩緩飄起，追著懷眞往空中飛，不過他妖炁本來就不強，現在大部分都應付著這些寶物的重量，速度就更慢了。

這時三小已經飄出海面，在一處道息凝聚的地方旋繞飛轉，一面使用著懷眞教導她們的道術凝聚周圍的道息，但這辦法凝聚的速度十分慢，凝聚的量也不算太大，三小正在發急，卻見懷眞兩手一攤，周圍氣氛大幅改變，彷彿道息突然濃稠起來。

「別發呆。」懷眞輕叱：「圍起來！凝結住。」

三小一怔，和懷眞分站一角，四人控制著約二十公尺寬的範圍，沈洛年這時才緩緩飛至，飄站在懷眞身後。

突然間，四人圍著的空間一爆，一匹有著龍首的暗紅色巨馬倏然撕裂空間般地衝出，她身上熾焰滾滾，比當初的燄丹還大上一倍，正是成年麟犼，妖炁果然比燄丹強大不少。

麟犽目光四面一轉，透出了驚疑，目光集中在已經化成人形的彁丹身上。

「媽。」彁丹害怕地叫了一聲。

「吼！」成年麟犽大吼一聲，對著彁丹直撲。

「等等！」懷眞輕笑說：「別衝動，不只妳想過來。」

成年麟犽一怔，轉身看著懷眞，渾身焰光炸起，透出一股提防的氣味，緩緩開口說：「九尾天狐？」

「很久沒有人這樣叫我了。」懷眞微微一笑說：「妳就是彁潮吧？別急，讓小丹再幫忙一下。」

那叫作彁潮的麟犽微微一怔，瞄了彁丹一眼，彁丹有點害怕地說：「媽，懷眞姊姊幫我取了道號，叫彁丹。」

「知道，我有接到仙籍通知。」彁潮四面望了望，突然放出大片妖炁，兜攏了周圍的道息，向著那片空間集中，這一下空間再爆，一頭怒沖沖的鶴形巨妖、成年畢方突然衝了出來，她騰上了數十公尺，半空中一繞，才剛瞧見彁潮，馬上嗶了一聲，一口蘊含著妖炁的火牆對著彁潮就吐了過去。

彁潮渾身妖炁爆起，跟著張口，一顆巨大火球往外爆，兩方妖炁道術在空中相會，轟地一下炸得不遠處的眾人差點穩不住身子。

但那兩隻妖獸卻似乎誰也不怕誰，正想往前再衝。

這一瞬間，兩仙獸之間突然爆出一串青光，轟隆一聲電光一炸，逼得兩獸往後急飛，驚疑地往旁看，卻聽懷眞皺著眉頭說：「妳們畢方個性眞是從小到大都改不了耶，有夠冒失的，浪費我的老本。」

那成年畢方一呆，看著懷眞嗶了幾聲，懷眞笑說：「對，我就是懷眞，妳女兒在這兒啦，眞是的，快來幫忙。」

「媽！」羽霽忙叫。

經懷眞一指，這畢方才注意到變成個人類小女孩、正甜笑的羽霽，她驚疑地飄過去，上下看著羽霽，一面嗶嗶叫個不停。

「姨姨！」山芷突然著急地叫了一聲。

「媽，幫忙讓馨姨來。」羽霽忙說。

「嗶？」成年畢方一怔，看看眾人，這才知道大家在做什麼，當下她一散妖炁，彷彿剛剛錟潮的動作一般，也聚集了大量道息往這兒湧。

「不夠，窮奇體表妖炁太強。」懷眞目光一轉說：「錟潮小妹，別閒著。」

那成年麟犽燄潮本來還在提防著畢方，見畢方似乎眞的不打了，她這才再度凝聚道息幫手，跟著空間又是一裂，一頭成年窮奇突然衝了出來，她渾身炁息一爆，猛然仰天狂嘯一聲，周圍狂風隨之而捲，三小紛紛往外退，這凝聚道息的圈子霎時散開，而這足有四公尺餘的巨型窮奇，狂吼過後，咆哮著露出巨齒四面張望，似乎正要找人算帳。

「又一個衝動的……羽麗！」懷眞似乎正叫著那成年畢方：「先擋著這小妹。」

「嗶！」成年畢方攔在窮奇和那麟犽之間，一面叫了好幾聲。

「嗷嗚！媽──咪！」山芷跟著叫了一聲，小小的身軀向成年窮奇飛去。

成年窮奇頭一轉，撲過去抱著山芷，兩方透出喜氣，互相揮手拍打扭咬著，砰砰磅磅聲響不斷傳出，沈洛年看了不禁咋舌，看來山芷拍打啃咬自己時都十分節制，她們母女親熱起來，那股力道可眞不小。

突然間，那大窮奇看到了沈洛年，她吃驚地睜大眼睛，向著沈洛年飄來，一面上下嗅著，似乎挺有興趣的。

「喂！」懷眞拉開沈洛年退開，瞪眼說：「妳女兒搶還不夠，妳也來？」

「嗚？吼？」成年窮奇似乎沒有山芷這麼衝動，看了看懷眞，吼了兩聲。

「嗶、嗶嗶。」那端叫作羽麗的畢方，突然看著麟犽叫了起來。

「吼！」窮奇目光跟著一轉，似乎又想起了生氣的事情。

「我不想惹麻煩。」那叫作啖潮的成年麟犼，把啖丹擋在自己身後，一面說：「堅持要打我也奉陪。」

「好了啦，只是誤會。」懷眞說：「妳們都有女兒在這兒，大家都急，搶著過來也沒什麼。」

「嗶！嗶嗶！」羽麗似乎還是不大甘願。

「就算她擠開妳們搶著先來，但要不是她幫忙，妳們倆也過不來啊。」懷眞說：「功過相抵了吧，妳們三個的女兒是好朋友耶，媽媽打起來多難看。」

「嗶？」羽麗一愣，回頭看著羽霽。

「她是小丹的媽媽，不要打。」羽霽湊過來搖頭說。

羽麗詫異地低下頭，一連串地對羽霽發問，似乎對女兒和麟犼交上朋友覺得有點意外。另一面，那成年窮奇卻已經不管那兒的爭執了，正偷偷鑽到沈洛年身旁，好奇地用那巨大虎頭頂了他兩下，山芷則又爬上了沈洛年的肩膀上，對著媽媽嚷：「我的！我的！」

懷眞一看忍不住笑罵：「妳們這對母女一樣不老實，洛年是我的，都不准搶。」

「九尾天狐。」啖潮見羽麗似乎眞的不打了，她這才飄近說：「多謝妳……替這孩子封道號，還教她變化人形，又照顧了她一段時間。」

「她們還不能隨意變形。」懷眞微笑說：「所以暫時保持著這樣練習比較好。」

「我明白了，那麼……我們母女告退了。」𤝹潮轉身要走。

「等等。」懷眞說：「我答應送她們武器的。」

𤝹潮目光凝視懷眞片刻，緩緩說：「麟犽不要偷來的東西，武器我們自己有，多謝、再會。」跟著她頂起𤝹丹到自己背後，一扭身，往西方飛去。

「媽？」𤝹丹一怔，但見自己母親似乎沒打算停下，正越飛越遠，她只好急急地回頭嚷：「大家再見——」這四個字喊完，母女已經飛出老遠。

「嘖嘖。」懷眞回頭吐吐舌頭說：「麟犽果然脾氣古怪、很難伺候。」

這邊沈洛年還被那一大一小的窮奇纏著，另一面，羽麗似乎剛問完羽霽，正回頭對懷眞嗶了一串，看那氣氛似乎也在道謝。

「不用客氣。」懷眞微笑說：「我和妳們畢方一族代代相交，這是應該的。」

羽麗恭敬地點了點頭，跟著一側頭，對窮奇喊了一聲：「嗶！」

那成年窮奇卻不理會，這時正將腦袋一甩變成龍頭，開心地說：「你叫洛年？你只聽得懂人話嗎？」

「媽咪！洛年！我的！」山芷抱著沈洛年的頭，生氣地叫。

「好啦。」成年窮奇說：「媽只碰幾下，別這麼小氣。」

沈洛年苦笑中，懷眞卻扶著腦袋說：「天啊，別又來了。」

「馨姨？」羽霽似乎很詫異，沒想到不只山芷喜歡洛年，她娘居然也喜歡？

羽麗搖搖頭，把頭也變成長形龍首，開口說：「這人有特殊的氣息？」

「沒錯，就是那種人。」懷眞攤手說。

「我還是第一次見到。」羽麗詫異地說：「懷眞姊姊爲什麼和這人類在一起？難道……但我們仙獸族和雄性……」

「不是那種事。」懷眞搖頭說：「我和洛年在一起，有別的原因。」

長大的仙獸畢竟成熟不少，見懷眞似乎不想說明，羽麗也不再多問，只轉頭喊：「馨姊，別纏了，向懷眞姊姊道謝。」

成年窮奇似乎也比較能克制這種吸引力，山馨聞聲，一口叼下山芷，扔到自己背後說：「傻女兒，走。」

「不要、我要洛年！」山芷哇哇叫，又撲到沈洛年身上。

「吼！」山馨猛張嘴，那還帶著虎形的龍首對著山芷怒吼一聲，聽到這正牌窮奇虎吼狂嘯，沈洛年才知道小山芷的吼聲還算稚嫩的，難怪人說虎嘯風生，這一聲虎嘯聲震天地，帶著周圍狂風猛捲，實在讓人膽戰心驚。

山芷嚇得一驚，小嘴一癟，抱著沈洛年脖子，哇地一聲哭了出來。

山馨也不是不能體會女兒的感覺，想了想，氣呼呼地說：「只能再玩一下子。」這才轉頭過去向懷眞道謝。

兩方說了一陣子，和啖潮說的話其實也大同小異，只不過兩方家族本和懷眞交好，說起話來自然客氣親近許多，過了片刻，羽霽跨坐在自己媽媽身上喊：「小芷，跟媽媽和姨走了。」

山芷搖頭說：「不要！」

「欠揍！」山馨瞪眼說：「過來！」

山芷一驚，停了幾秒，終於委屈地飄起，落到山馨身上抱著，看樣子這當媽媽的似乎常揍女兒，凶起來還眞的有效。

山馨和羽麗對著懷眞再道謝了一次，這才轉身往西飛，遠遠只聽山芷喊了兩聲「洛年」，很快地這兩對母女也消失了蹤影。

沈洛年沒想到這三個小朋友突然全跑了，才剛看到她們變成人形而已，而且變成人以後都挺可愛的呢……這一瞬間，沈洛年還眞有三分捨不得，他想了想才說：「她們也不拿武器？」

「她們拒絕得比較客氣。」懷眞笑說：「但大概也是怕拿著贓物惹麻煩。」

「我還以爲你們妖怪都不介意當小偷呢。」沈洛年說：「原來只有妳是慣犯。」

「我還不是爲了蓋咒！」懷眞瞪眼說：「偷這些東西對我有什麼用？」

也對，這個咒誓綁得兩人都很難過，若沒有這個咒誓，自己想去哪兒就去哪兒，也不用擔心會連累到懷眞，而懷眞也可以自己好好地修行，偶爾來吸一口道息就好；不過那樣就不能常見到她了……沈洛年看了懷眞一眼，點頭說：「好吧，既然她們不要，就拿來蓋看看。」

「嗯。」懷眞說：「回去噩盡島再試，那兒沒人打擾。」懷眞接過那包寶物，托著沈洛年往西飛。

「啊，爲什麼那隻大麟犼叫妳九尾天狐？」一面飛行，沈洛年突然想起此事，疑惑地說：「妳尾巴不是九條啊，明明是竹掃把般好大一蓬。」

「什麼竹掃把？這麼難聽！」懷眞瞪了一眼才說：「那些是道行漸增之後往後長的毛，因爲數量太多、無法計數，而九乃數之極，所以被稱作九尾，九尾天狐是一種尊稱。」

「九尾狐啊……妲己嗎？」沈洛年看了懷眞一眼，故意嘖嘖說：「傳說裡不是什麼好妖怪耶。」

「是你們人類莫名其妙！」懷眞瞪眼說：「以前我可是祥瑞仙獸！幾千年過去卻突然變

了，也不知道怎麼回事，什麼怪罪名都栽了上來，居然說一堆好色敗德耳根軟的爛皇帝身旁女人是九尾狐變的，眞是胡說八道！九尾天狐哪這麼無聊？」

「隨便啦。」沈洛年幸災樂禍地說：「反正妳現在那股喜慾之氣也淡了，媚不了人。」

「就算沒淡，我也不會亂媚人。」懷眞氣呼呼地說。

「是、是。」沈洛年笑說：「委屈妳了。」

「一點誠意都沒有！你要負責賠償我，等會兒我要抓抓一小時！」

「這關我屁事？少來！」

「可惡！不講理！難怪每隻窮奇都喜歡你！」

「……」

□

不久前，白宗眾人領著那三十名引仙部隊，一路騰越過那大片妖藤區，直到最西端，眾人停在妖藤上方，往西面瞭望過去，感應著周圍的妖炁。

「這下面到底是植物還是妖怪啊？」提著厚背刀的瑪蓮，望著下方一大片青綠的短葉草本植物問。

「這麼均勻的妖炁……應該是帶著妖炁的植物。」葉瑋珊沉吟說。

「我下去試試！」還處於興奮狀態的侯添良自告奮勇說。

「等等。」葉瑋珊暗暗好笑，這人一個小時前還垂頭喪氣呢，變化未免太大，男人這種生物有時候還眞是單純……她轉頭說：「印上尉，這兒可以仙化了嗎？」

印晏哲吸了一口氣，炁息一聚，身上隱隱泛出鱗片，透出一股不似人類的妖炁，他點頭說：「可以了。」

「嗯……」這麼說來，這妖藤等於是仙化部隊的防守界線，到了妖藤內，仙化部隊的戰力就會大幅降低……葉瑋珊點頭說：「我和一心先下去看看狀況。」

「宗長，妳不能老跑第一。」奇雅說：「我和……我和添良下去吧。」

「是！」侯添良大喜過望，拔劍出鞘、立正站好。

「嗄？」瑪蓮詫異地說：「怎麼你們兩個去？我呢？」

「我會飛，他速度快啊。」奇雅說：「妳留著。」

「那怎不叫蚊子陪妳？」瑪蓮嘟嘴說。

「那就志文吧。」奇雅懶得多說，對張志文說：「小心點，隨我來。」

「好。」張志文對失望的侯添良吐吐舌頭，隨著奇雅往下掠。

這兩人下去，植物的妖炁微微騰動，但很快又恢復了平靜，似乎沒什麼異常，眾人鬆了一口氣，一面警戒，一面看著奇雅、張志文兩人輕點地面飛騰，這時侯添良忍不住對瑪蓮苦笑抱怨說：「阿姊，不要這樣嘛。」

瑪蓮雖然很想搞破壞，但眞的壞了事，倒也有三分不好意思，只好乾笑地說：「好啦、好啦。」

葉瑋珊眼看沒有異狀，當下率領眾人往下走，和奇雅會合，黃宗儒彎腰折起一片草葉說：「不知道能不能吃？一代代吃這些食物的話，人類不知會不會漸漸妖化？」

「也許古時候人類體魄和壽命與現代不同，就是因爲……」葉瑋珊說到一半停住，望了望周圍說：「當初噩盡島上大部分地方，道息該比這兒還重，植物看起來比這兒還……怪異，但散出的妖炁卻比這兒少多了，這是怎麼回事？」

「也許就是因爲變形擴張，蘊含的妖炁才變少的？」黃宗儒回頭指指妖藤說：「這類的植物體積大，生長速度快，但是妖炁就弱了。」

「妖炁強弱有差嗎？」瑪蓮無所謂地說：「反正不會攻擊人。」

葉瑋珊搖頭說：「植物散出妖炁太強，這附近若是有妖怪收斂炁息躲著，很難感應……除非是……」

葉瑋珊雖然停了下來，但白宗眾人都知道葉瑋珊後面要說的話——除非具有沈洛年那種靈敏的感應能力，一般人在這瀰漫的妖炁中，只要距離稍遠，幾乎是無法感應其他妖物的存在。

葉瑋珊思索了片刻之後說：「這兒我和奇雅的感應能力用途不大，要小心點……一心，你安排一下帶隊往外走，先往南，看看安全區有多寬，我和印上尉商量一下。」

「好。」賴一心轉頭看了看，望著印晏哲說：「十個煉鱗？二十個獵行？」

「是。」印晏哲點頭說：「因爲沒有交代，我就自作主張了。」

「我明白了。」賴一心回頭囑咐：「獵行仙化者，五個跟著志文，五個跟著添良，在隊伍前兩百公尺外交替往前推進，剩下的左十右十，分成兩隊……」

葉瑋珊不去干涉賴一心的分配，回頭對印晏哲說：「我剛好想和印上尉討論幾個問題。」

「是，宗長請說。」印晏哲說。

「印上尉別這麼客氣。」葉瑋珊微笑說：「這樣大家說話都不方便了。」

「不，宗長身分不同，這是應該的。」印晏哲有點尷尬地說。

葉瑋珊也知道，因爲自己對他們施術，使他們突然具備強大能力，得以在這妖怪肆虐的世界中自保，只要是正常人，難免會心懷感激，更重要的是，這種引仙之術只能維持幾年的效果，想保持這種強度，日後還得繼續施術，也難怪他們看到自己都十分恭敬，會有這種效果，也許該感激懷眞吧？

葉瑋珊搖搖頭，不多想此事，低聲說：「印上尉，讓受術者選擇的引仙之法有兩種，這兩種你應該很清楚……」

「是，『煉鱗』與『獵行』。」印晏哲說：「宗長說過，煉鱗者力大、雄壯、體堅具韌性，獵行者矯健、迅速有爆發力，我當初是選擇『煉鱗』。」

「嗯。」葉瑋珊說：「其實還有兩種……稱之爲『揚馳』、『千羽』。」

「啊？還有兩種？」印晏哲先是吃了一驚，隨即說：「啊，我聽說過變體者可以修煉爆輕柔凝四訣，還有人說獵行者類似爆訣，煉鱗者類似凝訣……莫非……？」

「不，完全不同。」葉瑋珊搖頭說：「四訣是藉著存想鍛鍊出不同的炁息性質，引仙四法的差異卻是建立在仙化體的不同，你們能力比較沒這麼極端，但也比較全面。」

「喔……看來傳聞果然不準確。」印晏哲笑說：「那麼爲什麼這兩種沒讓大家選呢？」

「因爲這兩種似乎比較不適合戰鬥，所以我不敢讓大家自選，怕太多人選，最後浪費了。」這時隊伍已經在賴一心招呼下往前進，葉瑋珊、印晏哲都在黃宗儒的保護範圍之內，兩人也隨著隊伍前進，葉瑋珊一面點地飄行，一面緩緩說：「但是有時候又似乎用得上，所以我想跟印上尉請教一下，軍伍中應該也有這種兵種問題存在，大多是怎麼解決的？」

「特殊兵種嗎？」印晏哲說：「通常都是先建立了編制數量，然後根據能力、體魄、個性，再配合他的意願來考量，很少完全讓人自由決定的。」

「喔……也就是說，該先訂出適當的人數比率囉？」葉瑋珊說。

「其實很難拿捏得這麼剛好。」印晏哲說：「只能先準備著看狀況調配……如果宗長方便告訴我那兩種仙化者的性質，也許我可以稍做建議。」

「可以啊。」葉瑋珊微微一笑，想了想才說：「『揚馳』，體健、迅速、有耐力，適合遠距離奔跑、追蹤敵人，不過戰鬥上力氣和爆發力就不如煉鱗和獵行者了。」

「原來如此……」印晏哲說：「那麼『千羽』呢？」

「體小骨輕、臂化爲翅，可在空中長久翱翔，這連變體者都辦不到。」葉瑋珊見印晏哲露出羨慕的眼神，搖頭說：「但卻是四種仙化者中妖炁最弱的，而手既然化爲翅，也不便攻擊，一般來說，應該只適合偵查。」

「啊……」印晏哲說：「宗長怕太多人選這兩種？」

「主要是千羽。」葉瑋珊說：「揚馳也就罷了，但想飛的人應該不少，我們如今急需戰力，若太多人選千羽，那就麻煩了。」

印晏哲點點頭，沉吟說：「小部隊偵查、巡邏不用特別編制這種戰力，大部隊戰鬥就有需要了，這有點類似傳訊兵、偵察兵的工作，現在不像過去，不能以師團為作戰單位，反而是連和排比較靈活……我想，每排編制數名『揚馳』，每連編制數名『千羽』，應該就夠了，有什麼別的條件嗎？」

「揚馳還好，千羽最好是體輕、瘦小的人比較合適，變形的副作用比較小……」葉瑋珊一笑說：「比如瘦點的女孩子就不錯。」

「女孩子啊？」印晏哲有點意外，雖然女軍官、女警已經存在很久，但眞正的戰鬥人員，畢竟還是男性居多，所以他一直沒想到那方面去。

「也不是一定要女孩子啦，重點是該怎麼選人……」葉瑋珊說：「比如隨船的這批引仙部隊，需要的揚馳和千羽，是不是由印上尉自己挑選？還是公開募集比較好？」

「宗長覺得怎麼好呢？」印晏哲問。

「我都可以啊。」葉瑋珊頓了頓，突然微微皺眉說：「如果要省點爭議的話，所有引仙者，應該都要公開招考的……」

印晏哲微微一愣說：「這……」

「啊。」葉瑋珊回神笑說：「我不是覺得印上尉的連隊不好，只是一直有人傳言請託，希望能公開招募，不要私下決定名單，但我問了幾次，臨時政府也不解釋選擇的基準，我也不知該怎麼回答。」

「我……宗長，我可沒利用什麼特別的關係啊。」印晏哲有點慌張地說。

「我不是那個意思。」葉瑋珊搖頭說：「印上尉別誤會。」

印晏哲似乎安心了些，想了想才說：「可能……如果公開招募，軍官和部屬分別遴選，上下之間的關係就不是這麼緊密了，比如台灣最早的臨時仙化部隊，隊員很多人都沒受過訓，管理上也頗鬆散，李翰隊長也許戰鬥力比大家都強，但似乎並不很習慣當主管。」

「也有道理……」葉瑋珊點頭說。

「公開徵選一樣可以解決這種問題。」前方的黃宗儒聽了許久，見兩人似乎談到一個段落，突然插口說：「因為大家戰力都差不多，訓練的過程中就可以找出適合當初級主管的人了，至於晉升就看資歷與未來的表現和戰功，大部分軍隊不都是這樣嗎？」

「當然。」印晏哲點頭說：「這也是辦法。」

「至於翰哥……」黃宗儒說：「就要看日後會不會逐漸習慣管理，若實在不行，就別讓他管人，像我們一樣，專門進行特別任務就好，能不能帶人，不能用戰鬥能力決定。」

「奇雅妳覺得呢？」葉瑋珊轉頭望向奇雅。

奇雅也在這防護圈中，隨著眾人飄行，見葉瑋珊詢問，點點頭說：「宗儒說得對……不過，宗長想自行招募部隊嗎？我贊成喔。」

葉瑋珊一怔說：「什麼？我不是這個意思。」

「好主意。」印晏哲目光一轉，露出喜容說：「宗長乾脆自己公開招募、遴選部隊，何必聽那些人的話？他們也不過是『自稱』政府，若宗長願意出面，引仙部隊必全力支持宗長。」

「我也贊成。」黃宗儒說：「乾脆別管那些政客，宗長自己出來管好了。」

「你們在說什麼啊？」葉瑋珊忍不住噗哧笑了出來，掩嘴搖頭說：「這樣豈不是要我……這該怎麼說？自立為王嗎？好好笑。」

咦……怎麼只有自己在笑？葉瑋珊四面一望，卻見黃宗儒、奇雅、印晏哲都一臉認真地看著自己，葉瑋珊吃了一驚，笑容收起說：「不可能的！你們別開玩笑。」

ISLAND
完全仙化

聽葉瑋珊這麼說，奇雅微笑說：「我也覺得妳不會有興趣。」

「當然。」葉瑋珊說：「豈不是累死人？還要整天挨罵，這種事讓那些好權貪財的人去做。」

「不過這樣人民就很苦。」黃宗儒嘆了一口氣說：「政治人物沒幾個好人，老是看他們勾心鬥角實在很煩，過去十幾年不都這樣？不管哪邊執政，有哪個選舉用的好聽口號眞正實現過？現在花蓮那兒也是啊，爲了選票，他們把時間都花在演講、參加活動、逛街傻笑和沿路打招呼，誰會把時間花在做事上？若有人選上了之後專心做事，後果可能就是下次選不上，久而久之，誰會好好做事？」

葉瑋珊和奇雅對望了一眼，都有點訝異，沒想到黃宗儒對政治人物有這麼多意見，想了想，葉瑋珊半開玩笑地說：「那以後宗儒你也去選看看吧？」

「我沒那種魅力。」黃宗儒搖搖頭說：「這種畸形制度下，想選上不只要會作秀，還得讓人看得順眼。」

「你不難看啊。」葉瑋珊笑說：「身材也越來越結實了。」

「不行，我在一群陌生人面前，很容易說不出話。」黃宗儒說。

「眞的嗎？」葉瑋珊吃驚地說：「所以剛認識的時候，你才這麼安靜？」

「嗯。」黃宗儒點點頭苦笑說：「現在已經比以前好很多了，以前除了網路上，我很少跟不認識的人說話。」

原來黃宗儒以前這麼膽小喔？葉瑋珊訝異地說：「我還以為你只是話少。」

黃宗儒笑著搖搖頭，目光轉回前方。

葉瑋珊反正也是開玩笑，也沒說下去，畢竟除了奇雅和瑪蓮之外，大夥兒都才十八、九歲，討論從政未免太早了。

印晏哲見葉瑋珊似乎沒打算繼續詢問自己，試探地說：「宗長如果沒別的事，我去賴先生旁邊，看有什麼可以做的？」

「太好了。」葉瑋珊點頭說：「一心如果有不懂的，還請印上尉多指點。」

「不敢當。」印晏哲行了一禮，這才往前奔了出去。

眾人又奔出了一段距離，奇雅突然靠近低聲說：「宗長。」

「嗯？」葉瑋珊轉頭，頓了頓說：「身旁沒外人，叫我名字沒關係的。」

奇雅微微搖了搖頭，這才說：「妳身懷引仙之法，想永遠和政治無關，是不可能的。」

葉瑋珊微微一怔，望著奇雅，說不出話來，奇雅目光望了望印晏哲的背影，接著說：「那種人只會越來越多。」

「嗯。」黃宗儒也轉頭說：「宗長就算不想要有權力，權力也會來到手中，有了權力，就有責任，逃避不是辦法。」

「唔……」葉瑋珊有點困惑地說：「我不知道……」

「有沒有責任我不敢說。」奇雅說：「但至少要先想好，未來打算扮演怎樣的角色。」

葉瑋珊看著奇雅和黃宗儒，這兩人建議的方向雖然不同，但都是好意提醒，事實上她也不是完全沒想過這方面的問題，不過這種事情實在太煩人，她偶爾念頭轉到這兒，都不由自主地逃避，當這是自己胡思亂想，不願細思，但今日印晏哲的行為，卻使得奇雅和黃宗儒都忍不住開口提示。

葉瑋珊想了想才說：「奇雅……妳還是學引仙之術吧。」

奇雅一怔，詫異地說：「知道這些，妳還要我學？」

「會的人越多，我的麻煩就越少吧？」葉瑋珊笑說：「我相信妳不會用這術法亂來的。」

「算了，別找我麻煩。」奇雅苦笑搖了搖頭。

葉瑋珊也不是第一次問，她知道奇雅不想造成管理上的問題，見狀輕嘆一口氣，沒再多說。

不過葉瑋珊卻有一件事情沒想到，對奇雅來說，葉瑋珊也許現在對權力沒興趣，難保未來永遠沒興趣，奇雅已獲傳道咒之術，若還學了這引仙法門，豈不成為葉瑋珊唯一的競爭者？她對政治可也沒興趣，若非必要，何必替自己找這種麻煩？當然是不學為上。

眾人就這麼沿著妖藤西方四、五公里處，一路往南探勘，隨著不斷往內陸奔，地勢漸高，先是一大片丘陵地，一些比較高的樹木也在這兒出現，往南直奔出四十多公里、越過幾條小溪後，一條數公里寬的河流橫亙在一片平原間，似乎是東面某群山脈溪流的匯集之處，這近四十人可沒這麼容易渡河，眾人當下停在河川旁，往上下游和南面的對岸望，一時拿不定主意。

「好像都沒妖怪耶。」賴一心四面望著說：「剛剛跑過的地區，就夠上百萬人住了。」

「既然這樣，何必退入山中？」瑪蓮說：「乾脆住到這兒來，看，這麼大片草原，可以種田，可以放牧。」

「但是越靠西面越危險。」黃宗儒說：「而且這是另外一條河，和港口那兒不同流域，不易往來。」

「不容易往來？沒多遠啊？」瑪蓮詫異地說。

「阿姊，一般人沒法跑這麼快。」張志文笑說：「而且我們翻山越嶺是走直線，普通人繞來繞去會超過百公里遠。」

瑪蓮看了張志文一眼說：「喔……懂了。」

瑪蓮性子急，腦袋轉得卻不算快，但又頗富好奇心，常常提出一堆問題，而奇雅話不多，很少細細解釋，所以過去她很多事都一頭霧水搞不清楚；張志文最近死命地在旁邊當解說小弟，倒是讓她頗感滿意，雖然仍不會給什麼好臉色，罵他的次數確實有減少。

「總之知道這附近可以住人。」葉瑋珊說：「我們先向著西北方向轉回北岸，接著一路往西面走，看跑多遠才有妖怪。」

「往西走的話，就要小心囉。」賴一心一面笑，一面指揮著隊伍轉向，眾人當下打點起精神，提高警覺，一路往西面奔去。

一面走眾人越覺得周圍植物和過去噩盡島大不相同，雖然大多也是含有妖炁的植物，外型和過去地球上的植物差異卻不多，反而很少有妖藤一般的粗大植物。

而這些植物，漫出的妖炁可就比較重了，意思就是不易提早發現妖怪，而經過草原之類的地方還好，若是出現森林，眾人可就不免有點緊張，自動把速度放慢下來。

這麼忽快忽慢的，只走了五十多公里，眼看即將走出一片山坡森林，進入一個谷地，就在這時候，往前探路的張志文小組，突然往後急急揮手，一面找地方隱身，眾人這一瞬間都緊張了起來，紛紛放慢速度，往前方集合。

大夥兒探頭望去，見前方山谷中，一條山泉蜿蜒而下，在崖下聚成一個小小的溪谷，幾十名年歲不等的大小孩子正在戲水，他們一面歡笑一面彼此互相潑灑著，氣氛煞是熱鬧。

「怎會有一群孩子？」吳配睿吃了一驚。

「看臉，是妖怪。」張志文低聲說。

「嗄？」吳配睿驚呼一聲，連忙用手掩住了自己的嘴，仔細一看，果然那些孩子表情猙獰，口中都爆出了兩條獠牙，不只如此，皮膚黑中帶青，也和人類頗有不同。

其實看錯吃驚的不只是吳配睿，這時眾人仔細一看，才發現這些小孩的嬉鬧方式，和一般人類小孩果然頗不相同，遠看似乎是玩鬧，實際上，這些孩子們分成兩邊，正激烈地推擠鬥毆，不時有人重重摔倒落水，不過也不知道是手下還有留力，還是天生體格強壯，並沒有誰真的受了傷，而且看來也頗開心，也許這種推擠，正是這些孩子的玩耍方式。

「這是什麼？」瑪蓮問：「像小孩的妖怪？」

「有點像鑿齒，說不定是鑿齒的小孩。」張志文瞇著眼睛說。

「眞的耶，有點像。」瑪蓮微驚說：「妖怪也會生小孩？沒聽說過。」

眾人面面相覷，其實大家都搞不清楚，但是妖怪看多了，眾人慢慢也把妖怪當成一種凶猛的生物而已，就算會生小孩，似乎也沒什麼不對？

「嗯……不然怎麼能變多？」侯添良沒什麼把握地說。

「可是看不出男生、女生耶。」吳配睿睜大眼睛詫異地說：「怎麼……怎麼生啊？」

「無性繁殖也有可能。」黃宗儒說。

「說不定他們男生知道怎麼縮起來，所以看不到。」瑪蓮卻笑說。

「阿姊！」吳配睿臉龐發紅，低聲抗議，連奇雅都瞪了瑪蓮一眼。

不只吳配睿，葉瑋珊也有點兒發窘，她裝成沒聽到這句話，輕咳說：「沒想到噩盡島爆炸之後，居然還有鑿齒存活著。」

「說不定爆炸後才來的？」賴一心說。

這也有可能，葉瑋珊微微皺眉說：「那會不會更強？」

「不知道……不過爆炸後哪兒都能去，還道息不足的噩盡島住下，應該不會太強才對。」

賴一心目光往下游望說：「下面說不定有個開闊的谷地，可能有一群鑿齒住在那兒。」

賴一心說完這話，大家都沉默了，鑿齒對一般人來說很恐怖，但對修煉過四訣的變體者來說，已經不難對付，更別提眼前這群人，接下來本該考慮要不要去略作探勘，若敵方人數不多就順便斬草除根，但看到這些正嬉鬧著的小孩，卻是誰也說不出這句話來。

而那印晏哲率領的三十名部隊，都是這次航程中才承受「引仙之術」的官兵，根本沒見過饕鬄，自然也不好發表看法，只安靜地看著這八個少年男女，不知他們打算怎麼做。

葉瑋珊看著大家的表情，自然知道眾人的想法，她心中也不禁爲難，若眼前是牛頭人，將來未必會與人類爲敵，自然不用急著處理，但饕鬄卻是一種窮凶極惡的妖怪，見到人就衝上來撲殺，完全不可理喻……這種妖怪本該趁早殺光，否則若繁殖增多後開始攻擊人類村莊，那時只要有人犧牲，眾人恐怕都會良心不安。

但這是理智上的想法，實際上看著那些小孩，又怎麼動得了手？

葉瑋珊回望著眾人，心中又不禁暗暗生氣，爲什麼都看著自己？爲什麼這時候誰也不說一句話出來？

但……就算有人提出建議，還是只有自己能做決定啊，既然身爲這個團隊的領導人，就得承擔這個責任，只不過這責任也未免太沉重了……

葉瑋珊正遲疑間，掌心突然一暖，她一怔回神，卻見賴一心握住了自己的手，正露出笑容說：「回去吧，以後總有辦法的！」

這人就是這樣，彷彿天塌下來都沒有關係……但看著賴一心，葉瑋珊的心情就穩定了下來，她做了決定，點頭說：「先去看看村莊的規模。」

賴一心剛剛看得出葉瑋珊的遲疑，所以才提出那個建議，但葉瑋珊下了其他決定，他也不會反對，當下說：「添良和志文，麻煩你們順著河谷往下，先找到對方據點，其他獵行部隊照剛剛的編制往前探路，大家都小心點。」

張志文和侯添良對望一眼，一起往前飄，兩人不用帶著那些引仙部隊，速度馬上提高，只見他倆兩三個轉折，彷彿一陣輕煙般，很快就消失在森林之中。

賴一心領著眾人，一樣順著河谷往下走，走出約半公里遠，卻見張志文和侯添良突然飄了回來，張志文首先說：「找到了，但是人不多。」

「多少？」賴一心問。

「十幾個而已。」侯添良說：「似乎在製作武器、盾牌之類。」

「看規模又不像只有這麼少人住。」張志文頓了頓說：「小孩都不只十幾個。」

「帶我們去看看。」葉瑋珊說。

「好。」兩人一起點頭，轉身引路。

十幾分鐘之後，眾人攀上一座山頭，遠遠往下望，見下方河谷突然張開，出現一個平台，上面一大片簡陋的木造棚架，圍成一個大環，中間空出了個五十公尺寬的空地，十幾個成年鑿齒正在其中走動，有人拿著石頭敲擊，有人拿著木棍削磨，果然像是正在製造武器。

「看，可以住很多人吧？」張志文說。

而正如張志文所言，那大片簡陋的棚架，就算睡寬一點，也可以睡上幾百個人，只不知道其他的人到哪兒去了。

「其他人勒？」瑪蓮腦海中一出現問題，也不管其他人知不知道，馬上就憋不住想問。

「打獵去了吧？」張志文聳肩說：「妖怪也是會肚子餓的，說不定吃更多。」

「喔……」瑪蓮停了幾秒，突然轉頭說：「臭蚊子，你在罵我嗎？」

「沒有啦阿姊，天地良心。」張志文笑了出來。

「靠，我眞有點餓了。」瑪蓮倒相信張志文沒那個膽，白了他一眼之後不再追究，她摸摸肚子，回頭對葉瑋珊說：「不想殺就回去吧，一心剛說那些妖藤可以吃，回去試試看好不好吃。」

「靜靜等就好了，別干涉瑋珊做決定。」奇雅對瑪蓮低聲說。

「喔。」瑪蓮嘟起嘴嘟囔說：「好嘛。」

「沒關係的奇雅。」葉瑋珊說：「瑪蓮，我們稍等一下好嗎？等其他鑿齒回來再走。」

瑪蓮一愣，張開口想問，想想又閉上嘴，望了望奇雅，見奇雅不理會自己，她心念一轉，突然瞪了張志文一眼，給他一個眼色。

張志文一呆，停了幾秒，才苦著臉開口說：「等會兒要動手嗎？」

「我沒打算動手。」葉瑋珊自然知道張志文是被逼的，微笑說：「我主要是想更了解鑿齒的部族怎麼生活，還有這樣一個部落到底有多少人……」

葉瑋珊頓了頓，望望天空說：「到黃昏時候，若其他鑿齒還沒回來，我們就撤退……其實這樣的村莊該不只一個，也許附近還有。」

「對啊！」侯添良說：「以前鑿齒都成千上萬的，不只這麼少。」

「但對方如果正出外打獵，我們又分散搜索，太容易遇上了。」葉瑋珊說：「他們還未必知道東面有人類存在，打草驚蛇反而不妥。」

「對、對，打草驚蛇不妥。」瑪蓮其實也不大想殺小孩，忙說。

「若他們的人不是太晚回來，我們等等分組偵查……」葉瑋珊說：「這次回去得先選幾個千羽、揚馳的候選人，以後探查就方便多了。」

「那又是什麼？」瑪蓮訝然問。

「另外兩種引仙之術。」葉瑋珊說：「戰鬥力比較不足，但偵查能力較高。」

「就像阿猴和蚊子嗎？」瑪蓮笑說。

「什麼！」張志文不敢吭聲，侯添良可忍不住抗議說：「阿姊！我們也可以戰鬥的。」

「眞的，尤其添良前陣子在船上練得很勤快。」賴一心也笑說：「當眞打起來，不一定會輸瑪蓮喔。」

「對啊！」連賴一心都幫忙掛保證，侯添良可得意了。

「失戀才勤快練功，有什麼好臭屁的？」瑪蓮一面哼一面瞄著侯添良，這傢伙現在爲什麼突然沒有失戀的味道了？一定有鬼，總得想辦法搞清楚。

侯添良被這麼一唸，那張黑臉又紅了，一下子說不出話來。

「來了。」一直往山谷下監視的黃宗儒突然低聲說。

眾人目光轉去，果然看到一群數百名鑿齒，正拿著盾矛往山谷內奔行，其中半數以上身後都揹著滴著血、帶著毛皮的古怪大肉塊，也不知道殺了什麼生物取得的，眾鑿齒一面怪呼一面往內奔，裡面的鑿齒也呼嚷著相迎。

鑿齒們圍在中央廣場，拿著石刀，就這麼血淋淋地切肉分食，皮毛的部分則直接割掉丟棄，渴了就到溪畔生飲河水，只不過一陣子，就吃掉了一大半肉塊。

又過了幾分鐘，這場血腥宴會還沒結束，那些孩子們也不知道是不是被通知了，正一面怪呼一面奔了回來，鑿齒也不講究什麼禮儀，孩子們搶了肉塊就啃，一面彼此呼喊叫鬧奔跑著，場面十分熱鬧。

「準備離開。」眼看天色漸黑，葉瑋珊低聲說：「大家記熟自己在這兒的炁息感，以後若發現自己炁息提升到這種程度，就代表鑿齒的地區近了。」

「宗長。」印晏哲低聲問：「但是這兒，炁息感還是不如外海的時候。」

「對。」葉瑋珊說：「鑿齒不算強大的妖怪，反而比較喜歡這種道息中等偏低的地區。」

「如果每個人類都引仙的話，那根本不用畏懼這種妖怪了？」印晏哲又問。

「不可能的。」葉瑋珊搖頭說：「引仙雖然很省妖質，還是需要耗用一部分，想要把全人類都改變，不只要大量妖質，還要找出許多發散者施術……單是培育、尋找發散者這動作，又會耗掉不少妖質。」

「而且更多的人類，其實只希望能不用戰鬥就快樂生活吧。」黃宗儒淡淡說：「願意主動戰鬥的人畢竟不多。」

聽到這話，葉瑋珊沉默了片刻，這才苦笑說：「宗儒這麼說，倒讓我想起……當初進入白宗，這方面的預言還沒出現，我只以為偶爾抓抓妖怪就好，誰知道……」

「我和奇雅也是啊。」瑪蓮看著奇雅呵呵笑：「差不多三年多前吧？那時我們還是不良少女。」

「不良少女？」張志文好奇地問。

「別說了。」奇雅瞪了瑪蓮一眼，瑪蓮吐吐舌頭，嘻嘻一笑，不肯再說。

「我們幾個加入前反而已經先弄清楚了。」侯添良見狀笑說。

「我也是很清楚的喔。」吳配睿得意地說：「不過差點進不來，還好洛年幫我……」說到這兒，眾人突然都安靜了下來，每個人都想起沈洛年和懷眞，停了幾秒，張志文苦笑開口說：「洛年超狠的，若他在，可能會建議我們把鑿齒殺光。」

「不……會吧。」吳配睿口中雖然這麼說，但其實也不是很有把握。

「我也覺得不會。」葉瑋珊輕側著頭說：「洛年……看著青鱗鮫人的小孩時，眼神就很溫柔，他有時候雖然有點……壞脾氣，但如果沒惹他，他不會隨便動手的。」

眾人望著葉瑋珊，都沉默了下來，過了片刻，奇雅目光一轉，開口說：「瑋珊，分組？」

葉瑋珊回過神來說：「對，一心，麻煩你。」

「好。」賴一心說：「我、瑋珊、小睿一隊，奇雅、瑪蓮、宗儒一隊，各領十五人，分向南北搜索，志文和添良自己成一個小組，去更西面遠處逛一圈，看看還有什麼妖怪，我們預計……兩個小時以後，回到這兒集合，若有意外，就回港口會合。」

「兩小時？」張志文和侯添良對看一眼，有點困擾，沒手錶怎麼看時間？

「要漸漸習慣看日月星辰。」葉瑋珊指著天空說：「等月亮走到這個角度，差不多就過了兩小時。」

「好難。」瑪蓮瞪眼說：「我等會兒一定會忘記。」

「瑪蓮放心，宗儒也會。」葉瑋珊微笑說。

瑪蓮詫異地看了黃宗儒一眼，難得露出幾分佩服的表情，黃宗儒倒有點不好意思，只尷尬地笑了笑。

「大家小心點，別被發現……尤其要小心刑天，萬一遇到強敵，就往東面道息少的地方逃，可是千萬別把妖怪帶到村落去了。」葉瑋珊目光掃過眾人說：「出發。」當下眾人分成三組，分別往不同的方向移動遠去。

□

「還是不行！」懷眞氣呼呼地一把將那堆寶物推散一地說：「你死定了，我也死定了，大家都完蛋了！」

卻是剛剛拿著所有寶物一起重新蓋咒，還是蓋不去那個誓言，懷眞本來已經覺得頗有希望，不料還是不行，失望之餘忍不住生起氣來。

沈洛年站在一旁，不禁有點同情，按照誓言的內容，自己若是死亡，懷眞也得陪死，但反過來說，懷眞若是有事，自己卻似乎不會怎樣……雖說誓言內容當初也不是自己擬定的，但還是感覺頗有些不好意思。

而且就算不因意外而死，人類壽命也是有限，雖說自己受了鳳凰變體，說不定能活久一點，但這方面到底效果多少，卻是誰也不知道。

懷眞氣了半天，突然白了沈洛年一眼說：「還看！不會安慰我一下喔？」

看她這麼生氣，這時候大概抱抱抓抓都沒用了，沈洛年苦笑說：「不然再去找寶物吧？」

「小型寶庫的主人差不多要回來了，不能去，我現在又沒力氣應付大寶庫的陷阱，怎麼找？」懷眞怒沖沖地說。

這時候說話只會挨罵，沈洛年一攤手，坐在床上不吭聲了。

「只好等了。」過了片刻，懷眞終於冷靜下來，咬唇說：「等大家都回來以後，我去找老朋友問問看有沒有辦法解決。」

沈洛年這才說：「說不定你老朋友們有好寶物，也可以借用一下。」

「我熟識的妖族，大部分對收集寶物沒有興趣，龍族又小氣得要命……」懷眞皺眉說：「可惡，息壤又爆光了，不然拿一點來做鏡子，可以去找龍族換寶物。」

「島嶼西邊不是還有很多嗎？」沈洛年說：「妳不是說被人圍起來很大片？跟他們情商討一點點說不定可以？」

「你還沒搞懂嗎？」懷眞瞪了沈洛年一眼說：「既然被包圍起來，隨著道息逐漸增加，現在該已經充滿膨脹的力道，只要開一個洞口，馬上就炸光了，然後全部都會變成排斥道息的廢土，怎麼用？」

「唔……」沈洛年確實沒想清楚，但被罵了之後，反而有三分不甘願，他仔細想了想說：「不對、不對。」

「怎麼不對？」懷眞說。

「妳看。」沈洛年指點著說：「這兒是道息很少的地方，島外是普通狀態，然後西面邊際，有些地方被圍了起來，道息比島外還多……而息壤必須在道息比這兒多，然後比島外少的地方，才能生長。」

「對啊。」懷眞聽得迷迷糊糊，皺眉說：「所以呢？」

「因爲這兒排斥力道太強，和海面分界線切換得太明顯，就沒有這種空間。」沈洛年說：「如果一路往西方走呢？應該還有適當的分界線吧？」

「好像有點道理耶。」懷眞想想又說：「不對啊，現在道息正不斷增加，如果眞有那個分界線，應該離這高原沒有很遠，但是又沒看到哪兒突然冒出個不斷變大的息壤區，道息的分布也沒有不均啊。」

沈洛年這下也想不清楚了，搖頭放棄說：「媽的，我不是聰明人，這種事情應該要問瑋珊才對。」

懷眞倒笑了出來，搖頭說：「你別想找理由去見瑋珊。」

「誰說我想找她？」沈洛年哼聲說：「來讓我抱抱，幫妳抓。」

懷眞笑著跳到沈洛年腿上，摟著他說：「最近不是都趕我走？難得聽你自動說要幫我抓耶。」

沈洛年一面搔抓著懷眞的背，一面說：「反正沒女人可以抱，將就一下。」

「喂！」懷眞笑罵：「這是什麼話？」一面舒服地輕咬沈洛年的鼻子。

沈洛年避開，看著懷眞的臉說：「我最近好像……」

「怎麼？」懷眞笑著問。

「沒什麼。」沈洛年搖搖頭，望著懷眞眼睛片刻，突然輕輕吻了吻懷眞的上唇。

「你不是很討厭這樣嗎？」懷眞習慣性地伸出舌頭舔了舔沈洛年的唇，但沈洛年卻低頭吮吻著懷眞，隨著兩人的唇舌接觸，沈洛年擁抱的力量也漸漸增大了些。

懷眞雖然愛舔人，卻不習慣這樣，她微微仰頭避開沈洛年的嘴，正想發問時，突然一驚，推開沈洛年，一蹦跳到屋角，驚慌地看著他。

「怎……怎麼？」沈洛年也吃了一驚。

懷眞看了沈洛年身體一眼，驚怒地說：「你……你是怎麼了？那是幹什麼？」

沈洛年這才發現自己起了反應，他面紅耳赤地說：「我……我不知道。」

「喜慾之氣，當初都沒法影響你，現在如此淡薄，怎麼可能……」懷眞一怔說：「難道……不可能啊，怎會這麼快？」

沈洛年聽不懂懷眞在說什麼，他抓著自己的頭說：「我明知道妳不是人，但最近一直覺得，妳……越來越像個女人，所以才避著妳……但剛剛卻忍不住……媽的！怎麼會這樣？我有毛病嗎？」

「沒這麼簡單！」懷眞目光一轉說：「你看小芷她們呢？」

「就是小孩啊。」沈洛年忍不住瞪眼說：「我沒變態到那種程度！」

「小孩？還是妖怪？」懷眞問。

有差嗎？沈洛年一怔，答不出來。

「所以你才怕小芷變人以後抱著你？」懷眞說：「知道她外型還是小朋友，就放心了？」

「我……我不明白……妳的意思。」沈洛年說。

「難道你體內道息增長的速度突然變快了？」懷眞問。

「是……是這樣沒錯。」沈洛年說：「我沒事就吸一點……」

「你吸外面的道息？」懷眞大吃一驚：「之前不是只能吸近距離的妖炁？」

「我想到一心吸收妖質的螺旋內吸方法，試試發覺吸力變大不少，連道息都可以吸一點……」沈洛年說：「我想妳要用的時候也比較不怕不夠……」

「這……你這樣做多久了？」懷眞問。

「上次學會怎麼吸以後，我沒事就吸啊。」沈洛年說：「這有什麼缺點？」

「那不是吸一個月了？」懷眞停了幾秒，嘆了一口氣說：「大概你快要完全仙化了。」

「什麼？」沈洛年聽不懂。

「你的力氣應該比前陣子大很多吧？」懷眞說：「這就是因爲仙化……還聽不懂嗎？你變妖怪了啦！笨蛋！」

沈洛年早有自己和妖怪差不多的覺悟，聽到這倒不意外，但仍問：「那和這有什麼關係。」

「你還沒想通……」懷眞苦笑說：「我以前在你眼中是異類、是妖怪，不會讓你動情，現在我們都是仙體，你漸漸把我當成異性……就變這樣了。」

沈洛年張大嘴，結結巴巴地說：「不同類……也能……」

「妖仙沒有什麼種族問題。」懷眞悶悶地說：「若兩個妖仙都動了情，只要讓精氣相會，就能讓精氣結合成孕。」

「不用……做那個嗎？」沈洛年說：「那我怎會……」

「當然要……才能精氣相會，不同類的妖仙情侶，很多都變為人形才……」懷眞突然頓足發怒說：「為什麼我要跟你解釋這個，可惡！」

「那……不用說了。」沈洛年其實聽得也頗尷尬，他嘆口氣說：「我知道我對妳有反應，不是因為自己不正常就好了……既然妳沒興趣，以後別太靠近我就好，我還不至於忍不住；媽的！我還以為自己變成變態了！」

「不行的！」懷眞怒沖沖地說。

「又怎樣了啦？」沈洛年失去耐性，皺眉說：「不要抱抱抓抓不就好了？」

懷眞搖搖頭似乎不想解釋，轉身踱步，一面不知思考著什麼，沈洛年卻也有點發悶，一樣低著頭不吭聲。

過了片刻，懷眞看了沈洛年一眼說：「欸！」

「啊？」沈洛年抬頭。

「我們不能住在一起了。」懷眞爲難地說：「你……去和一般人住吧。」

「妳不怕我突然死了啊？」沈洛年問。

「你可以別死嗎！我還想活啊。」懷眞嘟起嘴，氣憤地說。

「我沒事當然不想死。」沈洛年好笑地說：「要趕我走是無所謂啦，我只是覺得奇怪，妳怎麼突然不怕了，難道更擔心我會偷襲妳？」

「我不是趕你走啦！」懷眞頓足說：「你留在我身邊，我們都會死的！」

「爲什麼？」沈洛年這可不懂了。

「我不想說。」懷眞鼓著嘴說。

「好吧。」沈洛年深吸一口氣，站起往外走說：「我這就下山。」

「等等啦！」懷眞突然嚷了一聲。

「又怎麼？」沈洛年在門口轉回頭。

「你這人怎麼這麼狠心，說走就走？」懷眞氣呼呼地說。

不管是人是妖，母的都一樣麻煩，沈洛年沒好氣地說：「不是妳叫我走嗎？」

「讓我說完話嘛。」懷眞說：「還有你的衣服。」

也對，下午才找到了幾件，扔著可惜，沈洛年過去收拾了幾條褲子，塞入一個前陣子找來的大型皮製斜背包，之前被刑天轟爆的就是這種背包，沈洛年還挺喜歡，所以又找了一個來用，至於原先的腰包，則放著打火機之類的小零碎，掛在腰間。

收拾時，懷眞一直沒說話，沈洛年也不催，直到整理妥當，這才轉身看著懷眞，等她開口。

懷眞見狀，遲疑了一下，終於開口，只聽她難得柔聲說：「我很高興……你不是因爲喜慾之氣而喜歡上我，我過去……從沒有這種經驗。」

「就算沒有喜慾之氣，妳也是美人啊。」沈洛年苦笑說：「一個美人抱在懷裡，產生反應是正常的。」

懷眞白了沈洛年一眼嗔說：「你自己心裡明白，外貌對你沒用的。」

對喔，太久沒見到人類，倒忘記這種事了……自己當眞喜歡上懷眞了？沈洛年凝視著懷眞片刻，才嘆口氣說：「好吧，一定是因爲妳整天要我又抱又抓的，害我喜歡上妳了，然後呢？還不是要被妳趕走？」

「你這人好小氣喔！」懷眞生氣地說：「幹嘛一直說人家趕你走？我是逼不得已的，我很早以前就跟你說過，我沒法和其他人長久在一起。」

好像眞的有提過……看來眞是有難言之隱，沈洛年那股悶氣散了些許，搖頭說：「好啦，那妳想說什麼？」

懷眞說：「既然沒法保護你，我就不留在這山上了，我去找找看有沒有別的辦法解咒……離開這兒我恢復得也會比較快。」

「妳也要走？」沈洛年意外地說：「那怎不叫我一個人住這就好？豈不是挺安全。」

「人類畢竟是群居的生物，讓你一個人在這兒也待不久……而且若沒有我施障眼法，一個人住在外面反而顯眼。」懷眞搖頭說：「你答應我一件事好嗎？」

又要自己別去死嗎？沈洛年正想皺眉，卻見懷眞低聲說：「別再用咒誓之術來找我。」

「媽啦。」沈洛年忍不住抱怨：「和我見面有這麼可怕嗎？」

「那影像顯不出活物，我怕你跑到危險的地方去啦！」懷眞頓足叫：「想找我，可以用輕疾通知我啊。」

都忘了還有那東西……沈洛年哼哼說：「我去送瑋珊他們一隻好了。」

懷眞癟起嘴委屈地說：「你就是要激我生氣才行嗎？」

「好啦，不送、不送。」沈洛年說：「人類很可憐耶，沒電話以後，現在通訊一定很不方便。」

「你什麼時候開始擔心其他人類了？」懷眞哼聲說：「以爲我不知道，你就是想送瑋珊！想讓她隨時可以找你！」

沈洛年望了望懷眞，忍不住笑說：「妳這種口氣，到底是開玩笑還是眞在吃醋啊？」

懷眞一怔，突然幽幽嘆了一口氣說：「是有幾分眞啦，因爲我也很喜歡你啊，但……現在還算不上情念，只是一種佔有慾，就像小芷一樣吧……我……天狐，是不能有伴侶的……」

這樣不會很無聊嗎？沈洛年搖頭說：「好吧……妳以後月圓還會來找我嗎？」

「嗯。」懷眞點頭說：「但我不能久留，取得道息之後馬上得走……你別生氣喔！不能給我臉色看喔！」

「我當作沒認識過妳這狐狸就是了。」沈洛年轉頭說。

「你這壞蛋！」懷眞頓足說：「一定要說難聽話嗎？」

沈洛年笑說：「所以小芷和她媽才這麼喜歡我啊。」

懷眞一聽，倒忍不住笑了出來，白了沈洛年一眼才說：「拜託你，千萬別冒險……就算不是爲了我，也爲你自己保重。」

「知道了啦。」沈洛年走到門口說：「沒有新鮮東西要說我就走了。」

「你記得我輕疾使用的名諱嗎？」懷眞問。

「懷眞天狐……？天狐懷眞……？懷眞仙狐……？」沈洛年一面說，看懷眞臉色越來越難看，最後只好尷尬地說：「還是只有懷眞兩個字？我印象中是四個字啊？」

「『仙狐懷眞』才對！」懷眞氣呼呼地說：「還說喜歡我，根本就不想找我！」

「只差一點就猜到了！」沈洛年一頓笑說：「而且常找妳，忘不了妳怎辦？」

懷眞一怔，深深看了沈洛年一眼，低下頭說：「你走吧。」

「不讓我抱最後一次？」沈洛年伸手說。

懷眞似乎頗爲難，沉吟著沒開口。

沈洛年見狀，一笑說：「算了啦……妳也要保重啊！再見。」說完轉身打開門，往山崖下飄落。

懷眞奔出門外，望著沈洛年迅速變小的身影，怔立良久，這才嘆了一口氣，轉身回房。

ISLAND
你們兩個在這唱歌跳舞？

沈洛年看似乾脆，其實一面往下飄，一面正痛罵自己，好端端的起什麼色心？現在好了吧？被人趕走了。

沈洛年和懷眞相識已經一年，而四個多月前懷眞從仙界重返之後，兩人更是一直相處在一起，早已經習慣了彼此，說不難過是假的，不過沈洛年個性就是如此，他不是假裝堅強，而是他相信這世上沒有誰少不了誰，日子總得過下去，只要過一段時間都會沒事，哭哭啼啼、拖泥帶水只是浪費時間和精力。

所以他也沒有沉浸在自責的情緒裡面，罵了幾句之後，沈洛年看著山下思考，不能直接這麼飛到村落裡，這時還是大白天呢……他落下一段距離後，轉向飄入山中，順著山勢往下，最後才從一片山陰暗影中，落到港口村鎭後方，一堆廢棄的妖藤木質堆積處落地。

妖藤表皮堅韌，可以當建材、作衣服，內裡則柔軟可食、營養豐富，但皮和內心之間的似木質組織，雖然堅硬，卻結構脆弱，除了當燃料之外，沒有太多的用途，這世界又不能燃點大型火堆，所以隨著時間過去，這東西剩下不少，一時還沒人想到該怎麼處理。

沈洛年落地片刻，確定了周圍沒人，這才往外走，剛踏出廢料堆，眼見村子中幾個小孩正往這奔，似乎打算過來撿拾燃料，沈洛年也不理會他們，正一面思索一面往內走。

該住哪兒呢？這兒的人都住了有一段時間了，自己突然出現，會不會引人注意？萬一有人詢問又該如何解釋？

但那些孩子接近沈洛年的時候，卻紛紛停下腳步，好奇地看著沈洛年，沈洛年注意到他們的表情，不禁暗暗吃驚，這兒怎麼說也有數萬人啊，難道新來的人這麼明顯嗎？

「皆噴尼斯？柴尼斯？」一個夏威夷小男孩歪著頭問。

媽的，聽不懂啦！這時候也不適合叫妖怪輕疾出來翻譯，沈洛年搖搖頭要走。

那些孩子們卻跟著走，一個小女孩摸了摸沈洛年的袍腳，似乎挺羨慕的，跟著其他幾個孩子也開始伸手，似乎對沈洛年衣服這麼光鮮亮麗感到好奇。

原來顯眼的是這件衣服，沈洛年恍然大悟，這些大小孩子，男的只穿一條破褲子，女的多了件破爛上衣，至於那些用妖藤新製的衣服，一開始紡紗成布的技術、工具都還不成熟，產量很少，自然輪不到小孩穿。

就算大人有衣服穿，現在環境艱困，每天爲了生活操勞，大部分人身上都是灰土泥塵，怎麼可能像自己一樣乾淨？也難怪這些孩子們感到奇怪，何況當初在歐胡島和鱷猩妖打架自己就是穿這身，這樣大搖大擺走進去豈不是等人發現？

沈洛年想通這一點，連忙胡亂地說：「辜掰、塞油娜娜、吸油類特……」一面加快腳步，又鑽回了那片木料堆積處最裡面。

那些孩子們看沈洛年轉頭就跑，當然好奇地追了過來，但他們怎麼追得上沈洛年？剛鑽到木料堆中，就找不到他的蹤影，而已經逃到深處的沈洛年，正快手快腳地把衣服脫下，像過去一般，束成一條寬帶綁在左手腕上，這才從另外一個方向繞了出去。

反正這兒天氣炎熱，不穿上衣的人不少，不至於顯眼；而雖說脫下血飲袍少了保護，但待在這種沒道息的地方，若還有生命危險，那只能說是天意了。

往外走到港口村子，沈洛年這才發現不對，這是怎麼回事？港口這兒爲什麼突然多了這麼多人？大夥兒在忙什麼？

繼續往港口走，卻見幾百艘沒見過的船隻停在港口，許多人正搬著行李下船，還有人大聲吆喝著，要眾人往山區移動。

聽得懂耶！沈洛年可高興了，湊了過去，隨便跟著一群人身旁走，聽了幾句這才知道，原來這批人是台灣來的……沈洛年四面張望，卻沒看到半個認識的面孔，也沒感覺到熟悉的炁息，不禁又是失望又是安心。

突然他微微一驚，迅速轉頭，卻見不遠處一隊穿著軍服的數百人整齊地站在一起，正不知在做啥。

讓自己有異感的就是這群人嗎？沈洛年有點訝異地走近兩步，確定了並不是自己的錯覺，這兩百多人身上確實都帶著淡淡妖炁，還分成兩種……不過無論是哪一種，都和人類的炁息完全不同。

是妖怪嗎？不對……能變化成人身的，據說道行挺高，連那三個小鬼都還要靠自己幫忙才能變換，這種強大妖怪想必不多，不至於有兩百多個一起來這兒開人類玩笑，這些人不可能是妖怪……媽的，莫非是正牌縛妖派出現了？

沈洛年正想湊近打量，卻見一個美艷女子往這群人走近，一面笑著說：「引仙部隊吧？現在由哪位帥哥負責呀？我帶你們去休息吧。」

啊勒，是那個麻煩大姊劉巧雯！沈洛年一看連忙往回逃，躲回人堆裡面，心中一面急轉，原來那批是引仙部隊，那該是葉瑋珊弄出來的？卻不知道他們是不是也來了？

「小弟，嘛是台灣來的吼？」一個身材結實微胖、臉色紅潤的中年人，隨著人潮經過沈洛年身旁時，看他縮著脖子低頭往外看，好奇地半國語半台語問了一句。

「嗯。」沈洛年應了一聲。

「別傻在這兒。」中年人笑說：「聽說山裡面幫我們準備了一塊空地，每一個人有三乘三的地面，快上去選位。」

「三乘三？」沈洛年說。

「三公尺乘三公尺……就是兩坪七啦！」中年人拍了拍沈洛年肩膀說：「我們台灣人還是習慣說坪對吧？說平方公尺，都不知多大塊。」

沈洛年點點頭，沒吭聲。

「你怎麼一個人在這兒晃？」中年人說：「厝內大人勒？」

「我一個人。」沈洛年說。

「啊？」中年人一聽，認爲沈洛年家人都死在四二九大劫之中，笑容收了起來，嘆口氣說：「這是命啊，沒辦法……我姓鄒，給你介紹我太太和女兒，以後大家就是朋友了，有事儘管說。」

這中年人叫鄒朝來，一家三口似乎是一個模子鑄出來的，每個都又壯又圓還愛笑，三個人手上、背上都是大小背包，似乎帶了不少東西，那二十出頭的女兒鄒彩緞，不只皮膚黝黑、壯碩爽朗，還比沈洛年高半個頭，在東方人中是少見的高大女子。

現在的沈洛年不重外表，看著這女子透出的開朗氣息倒不覺得討厭，對三人分別點了點頭。

一路往山上走，沈洛年說的話不多，那樂天的一家人倒是說了不少，他們過去似乎是以務農維生，聽說這次還帶了一些秧種、菜苗過來，打算在這兒耕作，不過當談到未來沒有農藥、肥料等化學產品，也沒有耕耘機、插秧機、收割機等機械設備，三個人縱然開朗，也免不了擔憂起來。

「不知道田地有沒有得分……」鄒朝來正說：「純用人工種田，不知道可以種多大的地面？這些苗能不能長？」

「山上不少人在種了，可以問看看。」沈洛年說。

「沈小弟，你怎麼知道？」鄒朝來詫異地問。

沈洛年頓了頓說：「聽說的。」

「嗯，那眞得去問看看。」鄒朝來不疑有他，想想又說：「沈小弟，我看你體格不錯，如果沒有打算，和我們作伙種田吧？」

「也好。」沈洛年倒相信自己體力該應付得了。

「難得喔。」鄒大嫂聲音很高，她呦呵呵地笑說：「現在很少有年輕人願意種田了。」

「阿母。」鄒彩緞笑說：「現在沒什麼輕鬆事可以做啦，攏嘛是粗工。」

「對喔，我又忘記了。」鄒大嫂又笑了起來。

到了空地處，那是個大約兩公里寬、不算太平整的長形山中平台，聽說半公里外有條小溪順著山勢蜿蜒而下，以後只要挖一條渠道引水通到這個小村鎮，就可以解決用水的問題。

平台上，這時已經很粗略地規劃好了空格，還有人立了說明牌，協助著分配，沈洛年隨著鄒家排隊，領了一個木桿，寫上自己名字，據說只要拿這木棍插在空格上，就代表有人佔了。

鄒朝來這批人上來得已經有點晚，只能選到內側的土地，而外側已經有些家族開始搬運港口堆放的妖藤片建材，準備蓋屋，也有人開始埋鍋造飯，嘗試著新食物，沈洛年隨著鄒家，選了一個並排的空地，學著眾人一般拿妖藤片蓋屋。

鄒家人不只和沈洛年接觸，很快地也和周圍人們打成一片，到了晚餐時間，鄒大嫂和她女兒兩人煮了兩大鍋的妖藤湯，叫喚剛認識的左鄰右舍一起來吃，當然少不了找上沈洛年，沈洛年也不客氣，端了一碗躲在旁邊啃，一面在旁看眾人大著嗓門、有精神地呼喝笑鬧。

這妖藤可食用的部分，外層甘脆多汁、彷彿水果，適合生食，內層鬆滑綿密、富含澱粉質，煮食較佳，還有人嘗試了磨碎作料理，這東西初嘗起來有股怪味，但多咬兩口習慣之後，倒也沒感覺了。

吃飽喝足之後，天色已經昏黑，這時隨艦隊來的部隊士兵，有人上來吆喝著大家下山砍妖藤，因爲這些建材和食物，都是先來的人提供的，而現在根本沒有所謂的幣制，連以物易物的機制都沒出來，至少得把眾人耗用的量砍還給別人。

用也用了，吃也吃了，砍回來還人也很合理，雖然每個人個性不同，但大難過後，倖存者多少都帶點感恩的心，不像過去社會那麼功利，此時除婦孺外，大部分男丁都往山下走，連鄒彩緞也拿著工具跟著下山，沈洛年當然也是其中之一，而他那個大背包，就交給了鄒大嫂一起看管。

下山之後，領隊的人，帶著眾人往西南方沿河走，翻過一塊數公里遠的丘陵地區後，就到了一片範圍不小的妖藤區。

這兒雖然比港口那兒的妖藤區遠了些，但是不用過河，搬運起來也比較方便，當下眾人紛紛動手，有工具的就負責砍伐，沒工具的負責搬運，把切割下一段段的妖藤，用簡便的獨輪車或幾個人合力肩扛，一段段沿河往回送。

沈洛年不慣與人合作，找了個獨輪車推送，就這麼運了兩趟，第三次推著空車返回妖藤區的時候，他突然微微一愣，停下腳步，轉頭往西面河對岸望了過去。

這時壯碩的鄒彩緞和幾個壯漢一起扛著一大段妖藤，正大步往北走，望見沈洛年站在路旁發呆，她呵呵笑說：「沈小弟。還沒流汗就愛睏不行啊！再走個兩趟吧。」她卻不知道，這點事情想讓沈洛年流汗可不容易。

沈洛年回過神說：「喔，好。」繼續把推車往南邊推，但腳步卻不自主地加快了。

再度走到了妖藤區，等待著妖藤的沈洛年，回頭望了望東面山崖，心中一面想，不知懷真走了沒有……西面那又是怎麼回事？是錯覺嗎？自己的感覺有這麼遠嗎？

可是那股熟悉感，實在讓人很安不下心……不過……應該是錯覺，那邊不該有妖怪。幾次和懷真飛過，這數十公里內都只察覺到不算強大的植物妖炁，而且就算他們真的來了，也不會無端端跑去那兒找妖怪打架吧？

沈洛年又搬上了一大塊妖藤上車，轉身往北推，心念一轉，又暗暗擔心，說不定賴一心那熱血傢伙突然想探險呢？媽的！那些傢伙個個都順著他，一群人發神經病跑去找妖怪也不奇怪……但如果自己跑去，懷真又萬一還沒走，豈不是又要挨罵了？

也不對啊，如果他們真遇到妖怪，怎麼不往東逃呢？這兒道息不足，強大妖怪到了這兒也會衰弱不少，他們就可以靠自己做的鏡子打退對方才對，爲什麼留在那麼老遠處戰鬥？應該還是錯覺吧？而且人數似乎也不對……

可是如懷真所說，自己道息量越來越多，身體也……越來越像妖怪了，感應得更遠些也未必不合理……難道他們真的……媽的，真的不管嗎？

沈洛年就這麼一面思索掙扎一面搬運妖藤，額頭上還真冒出了汗水。

這時空著手的鄒彩緞等一行人，正一面聊天，一面從港口區往南要走回妖藤區，她遠遠看到沈洛年，正想打招呼，卻見沈洛年只低著頭望著地面猛推，似乎在煩惱著什麼，她正遲疑著該不該開口時，卻見沈洛年彷彿火大了一般，突然一把扔開獨輪車，跟著他手一甩，彷彿變魔術一般，倏然撒開了一片紅雲，披在身上。

那是什麼？鄒彩緞揉了揉眼睛，仔細一看，卻見已披上一件紅袍的沈洛年，突然轉身騰掠，居然就這麼點河飛射，快速地往西南方飄。

鄒彩緞大吃一驚，忍不住驚呼了一聲，其他一面走一面聊天的人們，紛紛轉頭看向她，再順著她的目光往河面望。

就差這兩秒的工夫，眾人只來得及見到河面上紅影一閃，一道身影騰上了妖藤頂端，在下一剎那，那紅影已消失不見。

□

一個多小時前，葉瑋珊、奇雅率領的兩組探險隊，已經回到了解散的地點會合，只剩下張志文、侯添良那個小組還沒回返。

兩方交換了一下偵查的資訊後，發現在那大片山林附近，果然有不少的鑿齒村落，鑿齒似乎也是夜間休息的種族，眾人搜索的時候天色已黑，鑿齒們大部分都已返回村莊，搜索的過程還算頗安全。

粗略估計，這附近山林少說也有近萬鑿齒，而且眾人搜索的範圍也只侷限於這周圍十餘公里，更遠點有沒有更多鑿齒，或別的凶猛種族，都很難說。

如果只有近萬鑿齒的話，威脅還不算太大，就怕鑿齒繁殖太快，又隨著道息的變化而遷移，到時非得和人類大戰不可。

葉瑋珊思索著，如果防禦工事做起來，只要千餘名引仙部隊，配合上原有的變體部隊，應該就能守住港口和幾個上山的道路了；不過這不該是自己煩惱的事情吧？以後不管他們是選舉、推舉還是抽籤，總會有人出來當領導者，到時候自然就會做這些規劃，只要自己和舅媽製造出一定數量的引仙者，應該就不用太操心這些事……

「宗長。」黃宗儒突然低聲說。

「怎麼？」葉瑋珊回過神。

「有點晚了，不大對勁。」黃宗儒說。

出事了嗎？葉瑋珊吃了一驚，望望天際，果然已經比約定的時間晚了半個小時，她遲疑了一下說：「志文……偶爾好像會遲到？」

「是沒錯，但若叫他幹活，不提早結束已經不錯了。」黃宗儒說。

似乎眞是如此，葉瑋珊對賴一心和奇雅輕輕招了招手，一面對黃宗儒說：「他們兩個已經是身法最輕快的人了，難道還會出問題？」

「可是他們去探索的是最危險的地方。」黃宗儒說。

奇雅走近，聽到後半段，已經知道兩人在說什麼，她點頭說：「我也覺得不對。」

另外瑪蓮和吳配睿似乎也在擔心，都湊了過來，瑪蓮開口問：「談那兩個遲到混蛋的事情嗎？」

「嗯。」奇雅點頭示意。

「我們也不知道他們去哪兒了……」葉瑋珊看著眾人說：「如果當眞遇到強大的妖怪……他們會怎辦？」

「逃回這和我們會合，讓我們幫忙？」奇雅說。

「也可能因爲妖怪太強，他們判斷大家打不過，想靠速度甩掉妖怪才回來？」賴一心說。

「正常情況下確實如此。」黃宗儒說：「但不管是哪一種，半個小時，應該都已經回來了才對。」

「難道他們受傷了？」葉瑋珊暗暗叫糟，若兩人當眞在這妖怪環伺的地方出事，要到哪兒找去？又怎麼還能活下去？

「如果是受傷、失去行動力，那就完了。」黃宗儒說：「但……也許……還有一個可能。」

「什麼？」賴一心詫異地問。

「蚊子本就有點好大喜功，阿猴雖然比較沉穩，不過……」黃宗儒看了奇雅一眼，輕咳了一聲才說：「今天的情緒似乎也有點亢奮……我怕那兩個人會貪功。」

奇雅一聽，不禁大皺眉頭，那黑臉猴子今天突然亢奮起來自然是因為自己……真是找麻煩！她忍住怒氣說：「你意思是……」

「如果他們被強大的妖怪發現，就這麼逃回來，八成覺得臉上掛不住。」黃宗儒說：「說不定會想把妖怪引誘到道息不夠的地方，利用洛……利用鏡子的優勢，殺了對方。」

有道理，葉瑋珊點頭同意黃宗儒的推論。

「他們是往這方向走，一個小時該可以探索這個範圍。」黃宗儒在地面上畫著線，一面說：「假設他們遇到強大妖怪，不想回這兒，又不能帶妖怪往港口的方向，那應該會往東南東的方向，向著高原區奔。」

「不會跑到更南邊嗎？」葉瑋珊也在地上指著問。

「蚊子沒這麼勤快，也沒這麼謹愼。」黃宗儒搖頭說：「這邊差不多了……如果這條路線找不到他們，那就……就有點糟糕了。」

「那就去看看。」葉瑋珊說。

「可得小心點。」黃宗儒在地上畫出一條弧線說：「從這方向繞過去比較安全。」

「知道了。」葉瑋珊說：「一心帶隊。」

救人如救火，賴一心一轉身發出號令，領著隊伍向著東南方繞了過去。

繞出不到半小時，葉瑋珊和奇雅首先感覺到，前方數公里外有股強大、從沒見識過的妖炁正激昂騰動，她倆本來無法感應這麼遠，這時純粹是因爲對方太過強大才能察覺，兩人目光一對，都有點心驚，若那兩人眞招惹了這麼強大的妖怪，眞得好好唸唸他們才是。

葉瑋珊指引了方位，賴一心指示著隊伍轉向，翻過兩座丘陵，連眾人都感受到那強大妖炁時，卻見前方一個小土坡頂，兩個人影正在月光下扭著屁股跳舞，一面嘻嘻哈哈地胡亂唱歌，正是侯添良和張志文。

靠！大家急得要死，你們兩個在這唱歌跳舞？瑪蓮忍不住罵了出來：「兩個混蛋！」

因爲大家都收斂著妖炁，他們也沒注意到眾人接近，聽到這一聲才愕然轉頭，卻見大夥兒已經掩到身後山谷，兩人這一瞬間，可眞是吃了一驚，同時張大嘴巴。

「小心！」葉瑋珊和奇雅同時嚷了起來，卻是兩人同時感覺到山坡另外一面，那股強大妖炁突然爆起，正往上衝。

張、侯同一時間起了反應，一面往下衝，張志文一面大喊：「別過來！快走。」賴一心看到兩人驚慌的表情，突然醒悟，連忙大聲說：「快退！」一面帶著眾人往後奔。

這一瞬間，山頂上突然出現一個數公尺高的巨大人形妖物，追著兩人身後衝來。

只不過幾秒的工夫，張、侯兩人已經閃下山，向著另外一個方向逃，而那妖怪雖然巨大，速度竟不比張、侯兩人慢上多少，他先是追著兩人，但跑沒幾步，卻突然一轉向，向著大隊的方向衝來。

這下可糟糕了！張、侯兩人同時拔出劍，回身追向那妖怪，但那妖怪本就只比兩人慢上一線，兩人還沒追上，那妖怪已經趕上了隊伍末段，手中巨斧一揮，一股龐然妖炁，對著後方一群跑得比較慢的引仙隊伍砍了過去。

黃宗儒確實沒判斷錯誤，張、侯兩人本想把這不小心遇到的大妖怪，帶到東邊高原區對付，但這妖怪也不笨，追著兩人到了這兒，發現道息漸弱、漸感不適，卻停下腳步不追了。

兩人卻也不肯放過這妖怪，見對方想撤退又殺過去騷擾，惹得對方又追了過來，來回了幾趟，到最後兩方就在這兒耗上，而兩人則一面逗引妖怪，一面互相吵著要對方去通知其他人，沒想到還沒吵出結果，大夥兒卻已經尋了過來。

剛剛妖怪發現兩人失神，再度衝殺過來，雖然沒能得逞，卻發現另外有一批速度慢上很多的人類，這下他哪還客氣，一轉方向，對著這群人直奔。

眼看後面妖炁大盛，銳風撕裂空氣衝近，賴一心心知不妙，若不管這一下，帶來的三十名引仙部隊說不定得死一半，他一個騰身往後，穩穩立下馬步，銀槍揚起，打算拚命接下這一擊。

就在這一瞬間，賴一心左右泛起一片幽紫，倏然在他面前合成一片堅固的炁牆，同時紫光外泛出一片碧波深綠，而在紫光合攏、綠光之前，一團火球已經先一步衝了出去，在數公尺外迎向那片妖炁，轟然炸開。

那股妖炁破開炁彈後，轟入柔剛兩道炁牆，在擊破綠光後，終於被紫色炁牆擋住，黃宗儒臉上立即一陣慘白，差點承受不住。

卻是剛剛那一剎那，每個人都想到了同樣的事情，賴一心騰身往後的同時，所有人都跟著轉身，大家都知道，賴一心雖適合引力化勁，但若是沒有足夠騰挪空間，一個人是擋不下來的，當下黃宗儒盾炁外逼，先在賴一心身前布下炁牆，而這時反正也來不及施道術，奇雅馬上在紫色炁牆外再補了一層柔勁炁牆，葉瑋珊則讓那團大炁彈趕在炁牆合攏前衝出，首先和那股妖炁碰撞。

這一下只不過是眨眼之間發生的事情，瑪蓮和吳配睿這時才繞過兩側，正想衝出去，侯添良和張志文，也在這時奔了回來。

「印上尉你們快跑，越遠越好！」葉瑋珊大喊這一句，口中開始唸咒。

沒碰到妖炁的賴一心卻愣了愣，他剛剛本已抱著拚死的決心，沒想到眾人居然同時轉身，合力擋下了這一記，這時沒時間說感激的話，他深吸一口氣，咬牙揮槍往外奔。

這時瑪蓮和吳配睿剛衝了上去，對方巨斧卻馬上帶著強大妖炁揮來，兩人無可奈何下，只好同時往側面急翻，她們已經知道，當敵人遠強過眾人的時候，最容易受傷的，除了發散型的葉瑋珊和奇雅之外，就是專修爆勁的兩人，不過葉瑋珊與奇雅有黃宗儒保護，兩人可沒有，若冒進而受傷，不只連累其他人，也無法成為戰力，所以兩人都十分小心，不敢隨便欺近。

此時張志文和侯添良已經趕到，兩把細長劍同時對著妖怪身後亂戳，負責擾亂的任務，但妖怪一轉身，巨盾裂空而來，妖炁一樣逼得兩人只能往後急閃。

這時賴一心已經衝上，他那裹著碧色氣焰的長槍，彷彿電閃一般倏然穿出，對著妖怪斧盾之間的空隙直搠，正是數個月前，賴一心領悟的基本武技——只要找出了正確的姿勢，進而千錘百鍊地鑽研練習，久而久之，自能全身炁勁貫通融合，發揮強大的威力。

賴一心想通之後，苦練了四個多月，雖然離登峰造極還遠，但這電閃般的平胸一刺，眼前這妖怪還是避之不及，這一槍，倏然戳入對方那比人還粗大的右腿，扎了一個血口。

賴一心槍身急拔的時候，對方巨斧已經揮來，他不敢攖其鋒銳，一面後撤，一面聚出柔勁不斷地旋槍化力，直退出了五、六公尺，才把這一斧的勁力化散。

這時候妖怪腳底下突然透出一片寒氣，在巨大赤足周圍凝出一片霜霧，同時他上方也泛出一股洶湧熱浪，龐然往下催迫，這一冷一熱，正是葉瑋珊和奇雅的道咒之術。

妖怪大吼一聲，渾身大量妖炁往外爆散，迫使葉瑋珊和奇雅施術放出的炎氣、凍氣無法侵入，而妖怪這一瞬間，也找出了正確的攻擊目標，巨斧一轉，對著黃宗儒再度轟去。

直到妖怪停頓爆炁防禦的這一瞬間，來援的眾人終於看清了這巨妖的模樣……這手持斧盾的妖怪足有兩層樓高，他肩上無頭、乳生雙目、腹藏巨口，渾身妖炁瀰漫……這是……好大一隻刑天啊？哪兒冒出來的？

而這一瞬間，黃宗儒也正暗暗叫糟，剛剛合眾人之力才破掉了那一道外發妖炁，這一斧頭貨真價實地直接砍來，自己怎麼接得下？

但接不下也得接，黃宗儒兩手交錯，全身炁息透過盾牌外放，都凝注在炁牆上，並把炁牆凝縮成一公尺寬的厚實圓形氣盾，聚在身前。

不只黃宗儒叫糟，每個人都知道不妙，眾人的武器、道術同時向著巨型刑天攻擊，想迫他轉身，但刑天似乎橫定了心，他滿布妖炁的盾牌急揮，先逼開看來威脅最大的賴一心，渾身妖炁更是往外爆散，不只排拒著奇雅、葉瑋珊的道術威力，還逼得侯添良、張志文不敢靠近。

但他畢竟小看了瑪蓮和吳配睿，兩人趁這機會，兩把刀上同時爆出紅色熾焰，更以爆閃心訣運刀，轟爆聲中，倏然破開了刑天的護體妖炁，瑪蓮這刀砍入左腿，吳配睿大刀砍上右腰，兩人炁息同時爆開，將刑天身上炸開兩個臉盆大的血口。

這可比賴一心那一槍痛多了，總算這一下讓刑天分了神，加上眾人合力攻擊也耗掉刑天不少妖炁，這一斧頭雖然把黃宗儒的炁牆打散，逼得他炁息散盡，往後飛摔，但斧頭的威勢總算盡數擋下，只被一些殘餘的妖炁泛入體內，受了一些內傷。

葉瑋珊和奇雅對視一眼，兩人同時托起黃宗儒往後飛撤，黃宗儒既然無力防禦，兩人就不能大剌剌地留在地面攻擊，得躲遠點看狀況。

不過刑天卻沒想到居然會接連受傷，何況這兩下痛得緊，他怪叫一聲，目光一轉，對著剛剛砍他腰的吳配睿殺去。

啊勒？怎麼找人家？吳配睿一驚，嚇得拖著大刀轉身就跑，但跑沒兩步，她就感覺到對方斧頭正揮出一片妖炁，高速衝來，吳配睿身子急伏的同時，綁著的馬尾隨勢揚起，當場被妖炁砍掉後半截，那道銳利的強大妖炁險險從上方擦過，她忙鼓出爆閃身法，往前加速逃竄，頭都不敢回。

但對方速度可是只比張、侯兩人慢上一線，爆閃的速度雖快，也只能快那一剎那，又不是能連續施用的法門，只見刑天不過幾個縱躍，又要再度追上吳配睿。

眾人看著這狀況，不禁發急，吳配睿這時向著北北東方拚死命直線逃跑，但那兒沒其他援軍，別人想幫也追不上啊！可是這時叫她轉身也等於要她的命，誰也不知該怎辦，只好一面叫苦一面死追。

吳配睿連用了兩次爆閃，體內炁息震盪累積的反挫力道還沒穩定，刑天卻已經接近，她一時也沒想到自己逃命的方式有誤，正嚇得快哭了出來，就在她兩眼發紅的同時，突然一道帶著金光的熟悉紅影從東北方林中閃出，一瞬間和吳配睿錯身而過，正面迎上刑天。

《噩盡島　7》完

抱抱♥

GAEA

下集預告

噩盡島 8　4月　轟動登場！

王中之王的力量!?

與闇靈聯繫的法器！
宣稱足以號令天下的力量！
新的權力鬥爭正暗潮洶湧，
眞正影響深遠的恐怖種子卻已被種下……

莫仁最新異想長篇
即刻翻轉你所認識的世界！

國家圖書館出版品預行編目資料

噩盡島 / 莫仁 著.——初版.——台北市：
蓋亞文化，2010.03-
冊；公分.

ISBN 978-986-6473-55-5（第7冊：平裝）

857.7 98015891

悅讀館 RE217

噩盡島 7

作者／莫仁
插畫／YinYin
封面設計／克里斯
出版社／蓋亞文化有限公司
地址◎ 台北市103赤峰街41巷7號1樓
電話◎（02）25585438 傳眞◎（02）25585439
臉書◎ www.facebook.com/Gaeabooks
部落格◎ gaeabooks.pixnet.net/blog
電子信箱◎ gaea@gaeabooks.com.tw
投稿信箱◎ editor@gaeabooks.com.tw
郵撥帳號◎ 19769541 戶名：蓋亞文化有限公司
法律顧問／義正國際法律事務所
總經銷／聯合發行股份有限公司
地址◎新北市新店區寶橋路235巷6弄6號2樓
電話◎（02）29178022 傳眞◎（02）29156275
港澳地區／一代匯集
地址◎九龍旺角塘尾道64號龍駒企業大廈10樓B&D室
電話◎（852）27838102 傳眞◎（852）23960050
初版十刷／2015年7月
定價／新台幣 220 元
Printed in Taiwan

GAEA
ISBN／978-986-6473-55-5

Gaea

GAEA